愛在生命轉彎處

李晶玉◎著

推薦序

我生命中最深刻的幸福

國立台灣大學新聞研究所所長　彭文正

當出版社開口要我為太太將出的新書寫序時……該從哪裡說起呢？「就寫晶玉主持〈真情部落格〉後的改變吧！六百字就好！」「喔！這個題材我可以寫六萬字！」就這樣我開始寫這篇序，我有種預感，這篇序真的可能會有六萬字，這六百字只是個開端吧！

這四年來，晶玉每個星期四利用下班餘暇和製作單位討論腳本。當天晚上，一向認真敬業的她總在床上看著稿子，一邊看一邊說給我聽這些受訪者神奇的生命見證。我彷彿回到了聽母親講床頭故事的襁褓時期，通常沒多久我就很滿足的呼呼大睡，從來也不知道臥房的燈何時熄滅。

每週五，晶玉總在五更荒雞啼聲中，掀開熱呼呼的被子，赴一整天的錄影。到了萬籟俱寂，她又繼續和我分享未完成的床頭故事。每週的這兩天，是我生命中最深刻的幸福！

我算是〈真情部落格〉節目最忠實的「聽眾」。這些分享生命見證的來賓中，有不少是舊識，但我從來也不知道他們經歷過這些事。我感謝這些用生命寫故事的認識或不認識的朋友，他們願意分享自己的生命，掀開仍有餘痛的瘡疤。謝謝他們和好消息電視台的同工，因為他們的無我，不知拯救了多少在暗夜中掙扎的靈魂。

〈約翰福音〉十二章二十四節，耶穌說：「一粒麥子不落在地裡死了，仍舊是一粒；若是死了，就結出許多子粒來。」在生命轉彎處，多少人選擇了沉淪，最終被命運吞噬；而這些人，在瓦礫堆中，散播愛！

書中人物序

信仰後的叛逆，叛逆後的信仰

《海角七號》導演　魏德聖

「你是基督徒？你是基督徒？？？」

「怎樣？不像嗎？」

「……那你吃飯怎麼沒禱告？」

「我有，只是時間比較短而已……」

「那你為什麼也講髒話？」

「……我過得不好……」

「……哭有時、笑有時，哀慟有時、跳舞有時……尋找有時、失落有時，保守有時、捨棄有時……喜愛有時、恨惡有時，爭戰有時、和好有時，這樣看來，做事的人在他的勞碌上有什麼益處呢？我見　神叫世人勞苦，使他們在其中受經練……」這是我最喜歡的一段《聖經》經節。

期待這本書可以讓許多人在失敗的人生和美麗的信仰之間經歷神。

作者序

不是宗教，乃是愛

李晶玉

過去一年，對我來說是豐收的。

當我驚覺今天的新聞，就是明天的舊聞時，我就一直想要留下作品……那種真正值得留下來讓人咀嚼、滋潤靈魂、啟發心智的作品。因為新聞不能解決人類的痛苦與矛盾，也無法提升思想，更難去找到某種元素，可以鼓舞人心。

誠如英國詩人但恩（John Donne）所感嘆的：

新哲學激起吾等的疑問，
四行之火已經熄滅，
太陽消失、地球殞滅、智者不再，
誰能引導他尋找的方向……
一切支離破碎，一切和諧不再。

我不是宗教的狂熱份子，但是我卻真實的在〈真情部落格〉這個節目裡的每一位受訪來賓身上，窺見了一種尋覓了好久的神聖力量！那不是神學，不是宗教，那是一種能夠將生命趨向轉化，走向和諧與希望的元素。但……那是什麼呢？

後來我漸漸領悟了，那是「愛」。

但這個愛不是來自人，因為祂比任何人都了解人，祂是智慧的源頭，是生命的開端，是一切疑問的依歸。祂拉拔郭小莊脫離喪母的漩渦，陪伴黃晴雯從苦難中熬煉成精金，牽著馬之秦和紀寶如跨越生命的破口，引領著王文祥、張成秀、唐德蓉和邵揚威在生命轉彎處，找到人生的另一種答案。

〈真情部落格〉四面八方而來的故事，如夜間的繁星將台灣的夜空照的更加燦爛！尤其是《海角七號》的導演魏德聖這一集，觀眾上網觀看的爆發量，簡直就像是台灣遇到了百年難得一見的小熊座流星雨，類似朝聖般不睹不快的盛況！而小魏的生命，就是小熊星座當中的北極星。他也曾經是一個失業的小導演，自嘲偶爾精神會分裂成一隻自傲的魚。但是當他固守崗位、堅持燦爛，上帝也就給了他一個指引台灣人方向的位份，在全世界一片蕭條與失望的黑暗中，閃耀在可以航向希望的正北方！

我是何其有幸，去聆聽這些社會菁英鮮為人知的生命故事，去挖掘他們身上奇妙事蹟的魔法來源，每每在訪問之時內心激盪不已，訪問過後重新淨化自己被窄化矇蔽的眼睛……我咀嚼、我更新、我感動、我更感激！

從國內外湧入的電話、網路、信件、甚至面對面接觸的觀眾如潮水般的回應中，我深信，他們跟我一樣，領悟了那一份神聖的力量，因而生命發生了撞擊、質變、與轉化。在這裡，我們僅能將數百個故事中的其中一小部分結集成書，但願您也能和我一樣，驚嘆於這個充滿無限可能的力量，驚喜於可以接受這樣簡單的祝福。

我知道：這不是宗教，乃是愛。

真情部落格

愛在生命轉彎處

目錄

人生特效藥

王文祥

真情小語

每一個人，走在這漫漫人生旅途時，都會遇到兩個問題：

「你快樂嗎？」以及「你想要抓住什麼？」

不論貧富貴賤、良善邪惡，這兩個問題總會驅策著我們，

為生命尋找出口，尋求突破。

對台灣經營之神王永慶之子王文祥來說，

他已經得到那最寶貴的解答。

在美國紐澤西州，王文祥在忙碌了一整天回到家時，有些異樣的感覺，很不舒服，而且，他發現鬢邊好像有一粒腫起的膿胞。

臨睡前，他對妻子范文華提起這件事。文華想，文祥身體一向很好，不可能有事吧！可是她還是用謹慎的口吻說，撥空去看醫生比較好。

文祥去看醫生了，但還是一直不舒服。拖了好幾個月，文華急了，催促著：「拖這麼久還沒好，你要不要去做切片檢查？」文祥猶豫一下，心想應該不會有事吧！那麼忙，根本沒時間看病。但是看見文華那焦慮的表情，他想，就撥個空到大型醫院做切片檢查吧！

檢查結果如何，文祥也無暇關心，倒是文華一直問醫生，可是卻聽不懂那些專業術語。最後只知道，文祥得的是癌症，而且是第四期。

像晴天一道霹靂，讓文華心頭一震：「……那麼，還可以活多久？」

醫師說：「如果不馬上接受治療，那只有一年……」

乍聽這消息，王文祥腦海中像被什麼佔滿了一般，只留下震驚的空白，與莫名的困惑激盪著：

「這是真的嗎？為什麼？我的身體一向很健康，連感冒都很少發生！為什麼?!我才四十歲，人生才開始不是嗎？為什麼？為什麼?!」而這些疑問，就像投入大海的石子一般，沒有人能給他任何的回應。

他強自鎮定下來，緊握著妻子的手，從來沒有那麼無助過！他緩緩轉過頭來，只能默然、恐懼地望著身旁妻子焦急且悲傷的神情。

他再也無法像往常一樣冷靜，像在商場上一般敏銳，或像他的父親一般睿智。此時他只像個茫然的孩子，面對生命這巨大的渾沌浪潮，只能投降與戰慄。

幼年就信仰的上帝，此時也沉默著……

那一夜，王文祥哭了……妻子從來沒有看過他像現在這樣，如此地脆弱且恐懼。以往，他們做任何事都講求計畫與效率；以往，他們相信，只要付出努力，任何難關都會過去。可是命運之神似乎開了他一個最大的玩笑，嘲笑著他，質問著他自以為已經掌握住的一切：

「你想要抓住什麼？」

「我才剛買下美國台塑的一部分，接手一個有一千多名員工的公司，也就是有一千多個家庭需要我照顧，責任重大，我不能在這時候倒下來啊！」

「你想要抓住什麼？」

「一旦我倒下，我的家庭該怎麼辦？」

「你想要抓住什麼？」

「我還有夢想，多年來的計畫和目標啊！……」

「你想要抓住什麼？」

「我想要活下去！」

「可是，生命卻不是我能掌控的……」

當所有希望、計畫、目標都被這突如其來的病痛擊潰後，「我想要活下去」這句吶喊，是他僅存的呼求。什麼都不重要了，他只祈求上帝能多給他一些時間，看著自己的兒女長大成人、與妻子偕老終生。但如今這一切卻變成了最奢侈的盼望。

「我將要失去這一切了嗎？這一切我還

能擁有多久呢?」他茫然四顧,看著家中所有的擺設與照片,咀嚼每一個片段曾有過的回憶。看著鏡子,那空洞的眼神顯露出面對死亡時的疲憊。他手輕撫著脖子上的腫塊:

「這真的是我嗎?為什麼我會變成這樣?」

他的感覺更加細緻,哪怕只是簡單的呼吸,他都感到呼吸中彷彿有不同的氣息。原來生命何其寶貴,又何其短暫啊!生命是這麼特別的贈禮,為什麼之前他都不能好好細心感受一切呢?

夜深了,王文祥走到女兒的床邊,看著女兒稚嫩又可愛的小臉蛋,眼眶不禁滿溢出不捨的淚水。他彷彿能看見女兒長大後的畢業典禮,看見女兒在陽光下的笑靨,看著她嫁為人婦時,那嬌美溫柔的模樣,「他會是個好男人吧!」王文祥閉上眼睛努力的揣想,但他在這些畫面中卻怎麼也看不到自己。他將是永遠缺席的父親。

該怎麼面對孩子呢?

隔天,王文祥就鼓起勇氣,告訴自己的孩子們:「爸爸恐怕不能看著你們長大了!爸爸得了癌症……」

十歲的大兒子好似很懂的問:「那是幾期的呢?」

文祥說：「是第四期。」

沒想到兒子竟然接著問：「那這會傳染嗎？」

天真的問題逗的大夥兒笑了起來，但這笑是何其無奈！畢竟「死亡」二字對孩子來說，是多麼遙遠陌生與模糊的概念呵！

自從生病後，不斷有親友提供各種食療秘方、各國醫生名單，香港、新加坡、洛杉機、紐約、馬來西亞、日本……還有台灣，王家就有長庚醫院啊！

可是文祥和文華還是不知道該到哪裡治療最好。夜裡，他們禱告，尋求神的指示，他們相信　神一定會清楚的告訴他們接下來該怎麼做。

過了一個禮拜後，他們再去紐約醫院的鼻咽癌專科醫師那兒就診，並問他：「如果要治療，哪裡最好？」

專科醫師想了一下說：「我像所

有的醫師一樣，都會說，我這裡最好。但是，若是要有另一個選擇的話，我會說是香港。」

他們直覺到，是　神叫文祥去香港就醫。原本他們以為，舉目無親的香港是不可能的選擇，最有可能的是台灣。但現在，神卻透過醫師告訴他該去的地方。於是，文祥毅然決定前往香港。

到了香港馬上遇到難題，經友人介紹的名醫因為求診者眾，一時很難掛到號。就算希望渺茫，但是想到，哪怕只是多活一刻，就能與所愛的親人多相聚一刻，王文祥仍然靜候一絲絲的可能。

結果，沒想到上午到達醫院，就幸逢腫瘤科醫生，當天下午就住進醫院，開始那九十六個小時的化療。他作夢也料想不到，這趟原本看似絕望的旅程，將成為滿滿祝福的喜樂之旅。

我們要如何界定一個人的價值呢？財富？地位？學經歷？健康？對於有信仰的人來說，一個人的價值不單只是這些！在王文祥最無助、等於被命運判了死刑的時刻，誰能找回他生命最初的價值呢？生命的轉角處總充滿許多驚喜，所謂「人路窮而天心現」！痛苦，有時就像上帝的麥克風，爲了要喚醒世間汲汲營營的眾生。但在這些苦痛當中，他也總是安排好後續伏筆，將每一個人的生命故事寫得精采，寫的豐盛。

王文祥在香港有一位名叫 Vincent 的基督徒朋友，平時就非常熱心助人。自然，當生病的文祥抵達香港時，Vincent 成了他的重要支柱。

而 Vincent 有一位來自馬來西亞的朋友 Richard，也是一位基督徒，他從事股市營業員的工作，在那充斥數字起落及各樣商場資料的環境中，他最常說的一句話是：「抱歉！我沒時間！」這次好不容易有了假期，打算去滑雪，經過香港，只作短暫停留，但剛好看見 Vincent 對素昧平生之人的熱情協助，他開始羨慕這樣的態度。

他想要改變自己，想跟 Vincent 一樣，「永遠都有時間給需要幫助的人！」於是 Richard 跟 Vincent 向上帝說：

「我也想要這樣的同理心！」

Richard 怎麼也沒想過，只是一個單純的禱告，竟然改變他的人生計畫……

Richard 看著因病痛而消瘦萎靡的文祥，心中不勝唏噓。哎呀！怎麼會這個樣子，一點也不像他當初所認識的那神采飛揚的王文祥呀！

得知文祥的病情，Richard 便開始為他禱告。但是在禱告中卻一直有一種聲音，一種微渺、難以捉摸，卻又字字鏗鏘的聲音在提醒他：「去吧！去陪伴他！陪伴你的朋友！」

Richard 當下的反應跟以前一樣：「不行啊！我沒時間！我已經計畫好這個還有那個，明天要滑雪，機票都訂了！我哪有時間呢？」當 Richard 越是反抗，他心中那提醒的聲音便越巨大：

「難道你不能為我做這件事嗎？」

終於 Richard 順服了這個呼聲。

「老哥，我……明天不去度假了！」

「為什麼呢？你不是期待好久了？」文祥疑惑的問。

「我明天想要陪你去醫院，你可比滑雪重要得多啊！」

「……謝謝你，真的……謝謝你！」要是以前的文祥，肯定會拍拍 Richard 的肩膀說：「不用了，你去忙吧！」但現在這種時刻，文祥太脆弱了，他的確很需要一個朋友能在身邊支持他！Richard 的決定，令他感動萬分！這是多麼寶貴的友誼呀！他紅著眼眶，默默的感受 Richard 所帶給他超越物質的另一種力量。

因為心中那真實又慈愛的呼喚，Richard 不單只是為王文祥禱告，還乾脆留在香港，從早到晚，每一天都陪伴著王文祥，達四個多月；在王文祥最孤單與充滿煎熬的時候，Richard 不知自己已成為王文祥生命中的天使。

上帝為文祥安排了 Richard，Richard 也因此改變了。

可怕的化療終於開始了。雖然有妻子與好友在旁邊陪伴，但是那化療的痛苦過程仍然令王文祥害怕。於是文華安慰他：

「化療就像耶穌基督的手，要進入你的身體，幫你拿出癌細胞來！」

這總算稍稍撫平了文祥不安的情緒。

化療開始了，他像個任人擺佈的小老鼠般躺在手術台上，琥珀色的化學藥劑緩緩注入王文祥的體內，像接力賽一樣地連續注射了九十六個鐘頭。這些藥劑不只是在殺死癌細胞，也在一步步消耗王文祥的生命力、甚至是求生意志。扭曲暈眩的強烈感受，沿著他的脊椎往腦門上盤旋，內臟因不能適應強烈的化學藥劑而不自然攪動，他感到全身汗毛直立，許多小針戳扎似的刺痛感在每一個毛細孔開闔間跳閃。

這漫長的療程中，王文祥只能在心中祈求上帝，能否減少一些這難熬的痛苦。

化療結束，他面無血色猶如撲粉般的慘白，他四肢虛浮且連說話都沒了力氣，他只要一聞到些許食物的氣味就覺得噁心。這樣的他根本無法想像，日後平均每一週還要進行電療，這樣的痛苦如何當得起啊！多少的癌症病人就是因無法承受這樣長時間的折磨而喪失求生意志，反不是因為癌細胞本身對身體的破壞而放棄生命。

絕望中，上帝當初要求Richard陪伴王文祥的用意似乎呈現了。好友的陪伴為他帶來了新的力量、新的感受！Richard不間斷地在文祥身邊為他禱告，並教文祥用《聖經》裡的方言去禱告。但開始時文祥還是無法用方言禱告，Richard就問他：

「你心中是否還有不能原諒的人？」

「是！我的內心深處的確還有一些無法原諒的事……」

原來，要先原諒，才能體會神的愛。文祥終於明白了，試著放下一切思慮，放下過去生命中不圓滿的記憶與傷害，他開始懂得原諒與饒恕的真意！

於是，奇蹟出現了！文祥發出一些連自己都聽不懂的聲音，不由自主地開口講方言，進入一種聖靈充滿的狀態。原本虛弱無力的他振奮了起來，詞窮的他呼叫了起來，原本只是將信仰視為一種精神寄託的他，開啟了一道新的大門，開始步入生命的另一種可能性，一種超自然而偉大的神蹟體驗。

有一股熱流從心底一波波地上升，震撼並充滿了王文祥體內，就好像一塊乾癟的海綿浸在水中一樣，他沉浸在不可言說、只有平安的感覺與光耀的空白中。

剎那間，病痛不見了，世界也不見了，就連自己也不見了！只剩下最純粹最美好的喜樂感受。王文祥開始不斷的、不斷的哈哈大笑。病床旁的妻子驚訝於丈夫的舉止，因為她從未看過一向個性拘謹的丈夫會如此開懷大笑。這笑容是如此純真，如此難得，一生嚴肅的文祥能如此像個孩童般，他是被什麼樣的能力觸摸到了啊！

在不間斷的狂笑十分鐘後，文祥感覺自己從兒時到如今所有的重擔及壓力都得到了釋放，讓他看世界的眼光不同了，讓他看待自己生命與對待別人的態度也不再一樣，彷彿所有的苦痛、恐懼、不滿、困惑都被十分鐘的狂笑給消弭了。

第二次的化療，依然是九十六個鐘頭的漫長療程，但王文祥已經像變了一個人一樣，不再恐懼更不再埋怨。他覺得很快樂，一個真正快樂的人是不會懼怕任何事物的。化療後的他不再有噁心反胃感，反而一結束就嚷著肚子餓要吃比薩，那酸軟無力

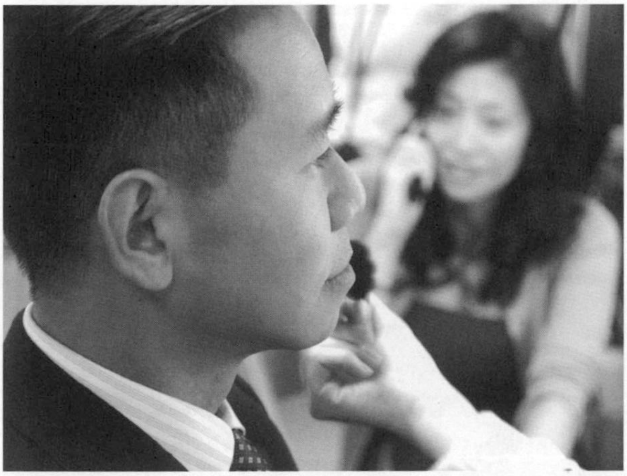

的療後反應也雲淡風輕的消逝了，他反而跑上跑下東逛西逛。所有的醫生都訝然於他的開朗樂觀以及身體回復時的奇妙現象。那位看不見摸不著的上帝，用一種與眾不同的方式正醫治著王文祥，不單只是肉體，而是一個潛藏的嶄新生命將從王文祥這半朽的身軀中發光。

這次的經歷中，王文祥學會了一件每個人都知道、卻每個人都做不到的事：

「喜樂的心乃是良藥，憂傷的靈使骨乾枯。」

他開始重新省視自己所活過的歲月。在那些年日裡，他快樂嗎？

不！他並不快樂！

從小，他渴望親子之間完整的愛，但在那龐大家族所構成的壓力下，加上父親與兄長的卓越成績，使他一生像個火車頭，從不停歇追趕的腳步，深怕自己不能成為他人眼中該有的樣子，深怕自己虧負所有人

Walter accepting his Philanthropy Award.

對他的期待！

「我是虎父犬子嗎？」

父親是經營之神的光環非但不能帶給他優渥的物質生活，反而催逼著他更要快快用自己的雙手努力換取一切。在許多個午夜夢迴之時，或許文祥常常問自己如此的問題：

「我能做到什麼？要作多大的努力，我才能達到父親的期待、得到父親的肯定？」

在大家庭的糾葛裡，當許多疑問充斥在腦海，卻只能隨著時間淡然時，這些疑問卻成了一滴滴穿石之水，正緩慢扭曲他的價值觀與原先那顆平靜的心。要成功！要成功！要成功！他不斷在心底提醒自己，彷彿人生只有得到父親的肯定與讚許才是真正的成功一般。於是，在龐大壓力下，他學會了憤怒，學會了冷漠，學會了虛偽也學會了沈默……孤單的沈默。心理生理是互相影響的，這一切壓力與態度成了生命的毒芽病根，癌症或者只是將他內心多年積壓的黑暗面呈現出來吧！

要如何快樂呢？

文祥從學著原諒開始，原諒那所有看得到看不到、記得卻壓抑的、遺忘卻潛伏的大小傷害。也學著放下，放下自己對許多事物及生命主權的緊抓不放，明白自己不過是人，擁有生命不代表能全盤掌控生命。更學著信賴，信賴有一位主宰真真正正地在掌管萬事，在看顧保守著王文祥的每一步路。

文祥改變想法了，他已不再擔憂未來、憾恨過去，而是要「活在當下」。對他來說，活著，並不是一件自然而然的事；活著，是多麼令人珍惜的事啊！他終於體會到了。

當文祥用不同的態度面對人生時，他的眼睛彷彿開了，真正認識了那位從幼年時就信仰的上帝，也看清楚了他從幼年到現在那充滿恩典的生命道路……

文祥想起幼年到美國的日子。由於哥哥姐姐都年長他許多，早在多年前就已經移民美國，他則是直到九歲時，才隨著母親一起到美國生活。所有到外國的王家孩子，父親都要求他們用中文寫家書，以誌不忘根本。

大家以為，王永慶之子的物質生活應該是很優渥的，其實連王永慶自己都很勤儉，也這樣教育孩子們，絕不亂買任何不必要的東西，「節省、勤勞」是不變的家訓。文祥的母親也是一位相當勤儉持家的人，她給予自己孩子最寶貴的便是只有那無盡的關懷。

文祥記得當他年幼時曾經好想要買一台腳踏車。

「媽媽，我可以買那個嗎？同學們都有！」

母親摸著文祥的頭：

「祥仔，媽媽沒有多的錢，因為厝裡的開銷都算得剛剛好！下次媽媽煮你最喜歡的東西給你吃，好不好？或以後媽媽存點錢給你買！」

那時文祥只感到一陣委屈：「爸爸不是賺很多錢嗎？為什麼我連要個腳踏車都不行？算了！我自己去賺啦！」好勝的文祥氣鼓鼓的回到房間，心中充滿不解！

總是如此，從小只要他想要甚麼東西，都必須自己打工賺取，這是他父親從小教導他的，人生必須要努力！

他想起自己回到台灣時，也是從基層做起，在工廠輪班作業。那時他想：

「如果我不是王永慶之子，或許我的日子還能輕鬆些呢？至少我不用為他人的眼光而活，至少……能感受多一點『愛』，安慰的愛！」

To Shirley and Walter
Best Wishes,

父親一生都忙於工作，文祥與父親相處的時間非常少。小的時候，他真的無法諒解。到了長大成人，他才終於體會，父親畢生為社會盡心盡力，總是為別人著想，就是那種不自私的態度，才能帶領整個台塑企業。

他又想起自己最親近父親的時刻是在六輕計畫時，因調職赴美，文祥才有機會與父親朝夕相處一年多。這一年多，父親教導了他許多有關公司管理經營業務的方式。他體會到父親嚴格要求的包裝下深深蘊含的期許與關懷。

尤其在得知文祥生病以後，父親寫了一封長達三頁半的信給他，鼓勵他，要他先安心養病，不要煩躁，不要擔心公司……雖然父親沒有親口說「我愛你」，但字裡行間充滿了濃濃的父愛，這對文祥是多大的激勵啊！他終於感受到原來嚴格的父親竟也有「慈父」的那一面。

他也想到了勤儉的母親，是多麼無悔無怨地照顧每一個子女，親手洗衣，親手做飯，且對於需要幫助的人絕不吝於伸出友誼的援手。更重要的，因為母親

的影響，他認識了主。

上帝開啟了他的雙眼，使過去一幕幕畫面呈現在眼前。其實上帝是多麼恩賜他與他的家族啊！每一個不同的路程與挑戰中，上帝總是步步教導與帶領他們去認識生命，去熱愛生命，去經歷生命！經歷生命未知卻精采的過程，在傷痛當中有所依靠，喜樂時刻有人分享。

在回首細數著家族過往回憶時，他釋懷了，在淚水朦朧的目光中，他看到了生命交匯而構成的美麗畫面，懷抱希望走向被應許的未來。

「你快樂嗎？」

文祥學會了快樂！奇妙的是，上帝藉由苦痛讓他學會！讓他從絕望中踏入希望，從黑暗中找回光明，由污泥中發現珍珠！當文祥在面對接下來三十四次，每次長達四十分鐘的電療時，他喜樂且充滿信心的說：「我的上帝會帶領我！」

當朋友們懷著沈重的心情探視他時，他會讓笑聲充滿周遭。當公司群龍無首時，他笑著：「讓上帝當我們的董事長吧！」於是公司業績成長數字的攀升變成了另一項奇蹟。別人甚至會開完笑的說，營業成績比文祥親自經營時更好呢！

因癌症瘦了十八公斤的文祥，有機會便持續跑步五千公尺，養成了習慣，他感到自己比以前更健康了。

當幾乎每週都要治療的絕症變成只要半年追蹤一次的病史時，所有的醫生都驚訝的詢問他是否有什麼特效祕方，他會說：

「每天祈禱接近神！」

在經過死陰的幽谷後，王文祥從上帝那兒得到了更美好的新生命！惟有經歷黑暗才能步入光明。

「你想要抓住什麼？」「你快樂嗎？」這兩個問題總時不時地在心中迴響！

對王文祥來說，他已經得到了那最寶貴的解答。

星海如夢

紀寶如

真情小語

紀寶如，當你看到這個人時，你會感到心中一陣喜樂油然而生。那又黑又亮的瞳子，那嬌小玲瓏的身段與聽來清脆又帶些淘氣的娃娃音，你會覺得好像生命中任何困難都與她搭不上線，她總是用笑容面對周遭所有的人。

是什麼樣的動力支持她一直保持笑容呢？一但得知這笑容背後有多少的苦痛歷程與嚴苛考驗，我們將會更加的體認到這笑容的美好！

接下來，我們要訴說她的故事，一個笑容與淚水相融的真實故事！

紀寶如，年輕的一輩可能對她的名字感到陌生，但在四、五年級生的耳中，這可是一個熟悉親切、響鐺鐺的名字。在那個年代，她是一位天才童星，五歲出道就擁有嫻熟的演技，加上她與生俱來的群眾感染力和舉手投足的魅力，讓她一出道就即刻竄紅，廣受台港兩地人們的喜愛。當時就流行著一句話：「香港有個馮寶寶，台灣有個紀寶如。」就足以說明她的走紅程度。不過，很難想像的是，事業如此平步青雲，聲勢也如日中天的女孩，其實卻非常不快樂。更令人錯愕的是，她在當紅且十九歲的花樣年華就從演藝圈急流勇退，留下許多影迷的惋惜與訝異。

在她的故事中，有太多的場景我們無法體會也無法明白，只能從她的生命歷程，在那張可愛的笑臉下，聆聽比她演過的所有角色還要更令人動容的故事。

在某一天，某一個命定的時刻，紀家降生了一對龍鳳胎，其中女嬰孩便是紀寶如。在老一輩的觀念裡，雙胞胎是不大好的象徵，因為兩個過於相近的靈魂是不適合一起生活的，為了避免他們將來可能因搶奪主權而爭鬥，所以紀寶如從小便交給祖父母帶大，和父親、母親保持著不太頻繁的接觸。她和爺爺奶奶的感情很好，對她來說，最初的親情之愛是由祖父母身上獲得的。

在她幼年的成長時期，愛看歌仔戲的奶奶常常帶著紀寶如到處去看戲。有一次，才五歲的小紀寶如陪著奶奶看戲的時候，奶奶隨口問她：「寶如啊，你能像戲裡的人一樣，說哭就哭、說笑就笑嗎？」

可愛的寶如一臉天真又調皮的問奶奶說：「有沒有錢賺啊？」

奶奶笑著說：「當然有啊！」

寶如聽完以後，居然就立刻落下兩行熱淚，看起來非常傷心的樣子。奶奶看了以後感到相當驚奇，馬上對寶如說：「寶如啊，你現在笑給奶奶看，笑燦爛一點。」紀寶如聽了立刻由傷心至極的神情轉為嫣然一笑，好不快樂的臉龐。

奶奶一把抱起了自己的孫女，仔細看著這張可愛的小臉蛋，對於年幼的紀寶如能有如此的才能感到詫異與興奮，認為這樣的才華不該被埋沒，於是帶著她去找認識的製作人朋友試鏡。誤打誤撞地，只有五歲的娃兒一腳踏入了演藝圈，就這麼開始演起戲來了。

紀寶如好像是天生就註定要演戲似的，雖然五歲的她根本大字不識一個，但藉由姑姑將劇本唸給奶奶聽，奶奶再耐心的指導寶如，寶如的戲劇細胞就像被喚醒一樣，表現出不像五歲孩子該有的早熟超齡演技。

當時的演藝圈和現在不一樣，

節目是現場直播，沒有NG，是不能重來的，年幼的寶如卻不知道何為怯場。一個小時左右的戲，什麼時候該說什麼，哪個時候該做怎樣的表情，年紀小小的她在第一次的演出就很成功，令在場所有的人訝然不已。製作人更是對她充滿了信心：「這孩子，是個一定會大紅大紫的天才！」

憑著過人的努力和精湛的演技，透過成為經紀人的祖母全方位的照顧和經營，加上不遺餘力的推薦及奔走，小小的寶如就和許許多多的紅牌明星對過戲，拍了許多炙手可熱的作品，光是電影就拍了三十多部。就這樣，紀寶如慢慢地變成一個家喻戶曉的天才小童星。

為了演戲，她從小就沒辦法像一般的孩子一樣好好求學，求學的過程都是斷斷續續的。小學一年級到六年級，她去學校的次數居然不到百日，別說吸收、學習什麼知識了，連跟學校的同學當好朋友都不可能。國中也是在這樣的情況下渾渾噩噩的結束。到了高中以後，唸不到一學期又因工作而休學。

當時的她覺得，自己因為演戲工作，遇到這樣的狀況是沒有關係的，甚至對這樣的一切感到驕傲並且理所當然，「我是明星呀！當然必須如此，因為我很特別！」但她知道，在內心深處，她是非常難過、非常想要接受教育的。

她羨慕所有同齡的孩子們，能有說有笑的一起走著上下學的道路，羨慕他們在說話、聊天時，訴說自己聽都沒聽過的新鮮事物；而自己身邊卻只有一堆的拍戲工作人員，一堆的大人，她能對別人訴說的，只有一本本被他人設定好的台詞劇本！為了這一切感到憤怒的寶如，卻無法瞭解自己的憤怒由何而來，所以只好將這一切不滿的情緒發洩在周遭的人們身上。

年紀輕輕的她，沒機會和同年齡的小朋友相處，打從她進入演藝圈以來，生活圈裡都是大人，每個大人對她都是讚譽有加、百般呵護。面對這一切的她，卻對大人非常不屑，覺得這些大人真煩呀！對他們愛理不理，甚至對支持她的影迷也是採取這樣的高傲姿態。

有一回，有個影迷看她可愛想摸摸她的臉，卻被她極度不友善地推開了手。「我會這樣，不都是你們造成的嗎？」她的眼神、心思早已不是電視裡那單純可愛的小女孩了！

這種狀況到了十三、十四歲的時候，她終於驚覺自己其實根本不喜歡演戲。這時候剛好她也到了女孩子的花樣年華，女性的特徵在她身上益發明顯。寶如的祖母擔心這會影響她的演藝事業，而開始用許多方法阻礙她的發育：用布條纏住胸部，服用各式偏方，甚至帶寶如去打一種注射在各生長關節裡的藥劑；後來因為發現這樣並沒有太大的效果，於是祖母索性讓寶如轉行當歌星，到東南亞巡迴演唱。在某種層面上來看，寶如成了另類的傀儡，無法成為自己的主人。

就這樣，寶如懂事以來的近十年間，不是在工作就是和祖父母相處，鮮少和父母親接觸。在她的記憶中，父母親只是一個名詞。她的母親並非正室，所以寶如甚至不能開口喊她一聲媽，只能對著她喊阿姨。因為工作的關係，和父母親更是聚少離多，有時候兩、三個月才見一次面，見面也只是打打招呼，喊聲爸爸、阿姨而已。因此，寶如和父母親的關係相當淡薄，無法從父母親身上感受到一般孩子擁有的、正常的父愛與母愛。

幸好，寶如的祖父母雖然讓寶如在演藝圈這樣的環境裡工作，但對她保護有加。或許因為不能給她正常的童年，他們對寶如一直懷有些許的愧疚和心疼，所以將全副心力都放在她身上。他們無微不至的保護著寶如，除了工作以外，不讓她和演藝圈複

雜的人們有任何接觸。所以紀寶如雖然在這種五光十色的環境下工作，但是並沒被這複雜的人際關係所污染，反而好似遺世獨立般的生活著。

光鮮亮麗的外表下，紀寶如的生活其實是相當沉悶無趣的。日復一日只有工作，工作完就在爺爺奶奶的保護傘下，看看電視，不能外出，沒有同學也沒有朋友。她失去了與他人相處的機會，也不能感受美好的心靈互動。

只有那麼唯一的一次，一次讓寶如永遠也忘不了的經驗。因為奶奶膽結石要開刀，沒辦法陪伴寶如，所以她的親姐姐就代替奶奶帶著寶如去南部作秀，順便帶著寶如出去玩，這是她這輩子第一次有同伴可以陪她一起玩。

一直以來，她的人生就是唱歌給別人聽、演戲給別人看，帶給眾人許多快樂，卻不知道怎樣可以讓自己快樂起來。但這次的機會，她第一次發現，原來自己也可以那麼的快樂、那麼的自由，想逛街就逛街，想看電影就看電影，就像一般孩子那樣擁有自己的娛樂與生活。

在這次作秀的場合中，他還認識了一位男人，一位將目光焦點都放在她身上的男人——余龍。余龍那時也正好陪著自己的兄長余天到南部作秀，當他看到可愛的紀寶如在台上的風采與未諳世事的真誠，就被深深吸引著。而寶如也發現，這男人看他的眼神跟所有人都不一樣呀！這眼神透露出，她被視為真正獨立的人，毋需只活在祖父母的計畫當中，只能用那職業般的笑容面對別人；她在這眼神中能想哭就哭、想笑就笑，透過這眼神，紀寶如找到了自己！

奇妙的緣分在這一刻將他們結合在一塊，紀寶如就這樣邂逅了她這輩子唯一的男人，一生的最愛——余龍。余龍對紀寶一見鍾情，開始展開追求，這是她這輩子第一次有人追求。這年，寶如十八歲，第一次真真正正地親身體驗了所謂的戀愛，而不是劇本裡面已經配套好的台詞或對白而已。

祖母在動完手術回來以後，發現寶如的態度有異。她開始會反抗祖父母，開始會趁拍戲空檔偷溜去玩，想要再次大口呼吸自由的空氣，想要和余龍見面，再多看看他深情的眼神。紀寶如在嚐過自由的滋味後，再也不喜歡以往枯燥封閉的生活。

因為這一切反常的狀況，祖母和寶如開始爭吵不斷。下定決心的寶如後來急了，直接對祖母說：「我已經長大了，我想交朋友，也想交男朋友了！」祖父母因此氣的不得了，寶如也很堅持自己的決定。

如此僵持了半年，紀寶如毅然決然地決定嫁給余龍。為了怕紀家人反對，她甚至選擇以讓自己懷孕的強硬手段來爭取，並且將這個決定告訴了余龍。「我想要嫁給你，你給我個孩子吧！這樣他們就拿我們沒辦法了！」當時余龍二十九歲，寶如十九歲。余龍是個深愛寶如且負責任的男人，他答應了寶如的要求，娶她為妻。

當寶如懷孕以後，回家對父親說：「爸爸，我要嫁給余龍，我已經懷孕了！」紀父話還沒說就先給了她一巴掌，氣急敗壞的說：「你都已經懷孕了還有什麼好說的，給我滾出去！」

就這一巴掌，將紀寶如對父親多年的怨懟、多年的不滿打成了怨恨，她從一個渴望親情的女孩，變成一個憤世的女人，讓她更堅定自己的決心——離開這個沒有溫暖的家。

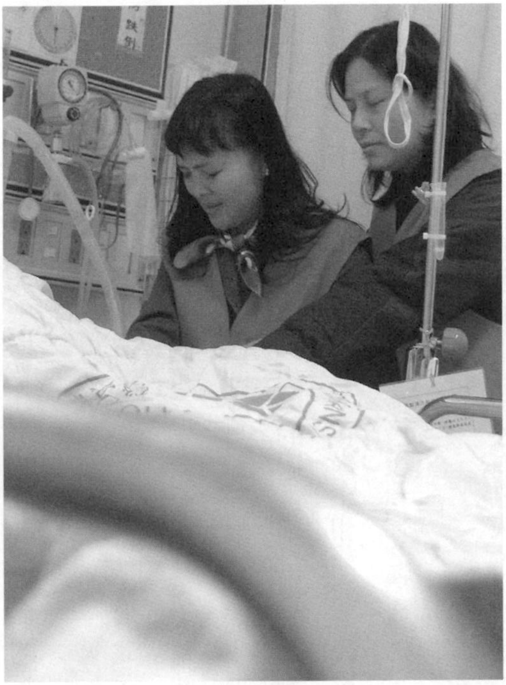

到了婆家，公公婆婆對這個小媳婦如此的驚天之舉也沒說什麼，只問她：「妳確定嗎？你的家長怎麼辦？」

「我不要那個家了，我沒有地方去了，我要嫁給余龍，請讓我留在這裡。我會好好作你們的媳婦。」

余父余母沉默了一會兒，說道：「如果你嫁進余家，就是余家的人，你跟紀家的人就不要再來往了。」寶如立刻點頭答應。小小年紀的她，就這樣，為了愛情以及對家人那錯綜複雜的情緒糾葛，而衝動割捨了紀家的所有，孑然一身，成為了余家的媳婦。

從小到大，把寶如放在手心中呵護的祖父在得知這個消息之後，既生氣又難過，變得非常沉默寡言。他常在心中想著寶如小時候那天真美好的笑容，以及幼年時跟著他生活的點點滴滴，而如今他的心中卻只有一個疑問：

「為什麼？我當初可愛的孫女到哪兒去了？」

寶如離開家七個月後，祖父在一次的睡夢中離開了人世。寶如知道這個消息以後，非常的悲痛，想回去見爺爺最後一面。但是紀父和紀家的人對寶如非常不諒解，不讓她來，他們認為祖父的過世都是被她給氣的！於是心痛至極的寶如，不顧自己身懷六甲，大腹便便的跪倒在從小和爺爺一起走過的街道上，嚎啕大哭。就這樣，寶如錯過了送最愛自己的爺爺最後一程的機會。

寶如的磨難到這裡還沒有結束。辛苦懷胎十月，總算孩子誕生了，兒子卻在出生的時候，腸子全部露出體外，在醫院折騰很久才康復。好不容易等到治療好，準備帶回家好好呵護的時候，又發現兒子有一隻眼睛怪怪的，似乎無法對焦，顯得很無神；仔細一瞧，瞳仁中好像有一片薄膜，回醫院檢查後才發現，嬰兒居然罹患了先天性白內障，開刀後還是會有一千多度的近視。

知道這消息，寶如心中難過極了。孩子是如此的無辜啊！如果她真的做錯什麼，那老天也不該罰在孩子身上呀！為兒子堅強的寶如還是不放棄希望，努力照料著自己的孩子。

很難想像的是，從有記憶以來就在鎂光燈下生活的紀寶如，結婚後可以退隱得如此乾淨俐落，說不復出就不復出。她下定決心要脫離那圈子，扮演一個妻子、母親的角色，退居幕後，做起丈夫背後的女人。這時候的寶如，除了要當一個辛苦的母親以外，也要一肩挑起持家的責任。但這些事情並沒有難倒這個幹練的小女人。

「就算我身上永遠只穿一百九的衣服，我都要幫余龍買一萬九的衣服，所有的面子都給他。」因為愛，她信任余龍也全心支持著余龍。

畢竟男人是要在外面打拼的呀！她幫助丈夫處理所有大小事務，也積極一同尋找讓家庭更富裕的方法，不但從事秀場經紀，也開始炒股票。那時剛好時值台灣經濟起飛的時期，她倆幸運的搭上了股市上漲的順風車，一路從三千點漲到萬點，賺進三億元的財富。在經濟狀況無虞的情況下，兩人愛的結晶也陸陸續續來到了世上，寶如就像世界上最幸福的女人一樣，擁有大家所想要擁有的一切。

但是，好景不常，股市突然一洩千里，從上萬點跌到只剩下六千點，賺進的大半江山就這樣瞬間瓦解。禍不單行的是，在家裡經濟出了問題的同時，紀寶如還發現余

龍外遇。那對她的打擊相當大！如果連深愛她的丈夫，她都無法相信，那她今後還能相信誰呢？她不想憎恨自己所愛的人，但是她也不知該如何再面對彼此，這在她原本的認知中絕不會抛下對方的彼此。

這個男人是她最好的朋友，也是唯一的男人。從年輕就跟著余龍的寶如從未想過，會有被丈夫背叛的一天！

寶如的世界就像毀滅了一般，在每個夜晚，她會胸口隱隱作痛，會淚眼看著睡在沙發上的丈夫，懷疑自己到底認不認識他……她也會在睡夢中驚醒，腦海中不斷浮現其他女人的身影及笑語。在如此的精神折磨下，她突然決定了一件事：就跟當初孑然一身進入余家一樣，她要孑然一身的離去。

外柔內剛的寶如一旦下定決心，即便余龍如何認錯挽回，她是既不想聽他的解釋，更不願意回頭，甚至連孩子也沒交代，就帶著一些行李離家出走了！

余龍後悔至極，到處找她，但紀寶如躲在娘家，始終不肯出來和余龍見面。

余龍因為一時的迷失，讓這個原本和樂圓滿的家庭轉為支離破碎，心裡真是苦悶至極，於是在朋友的邀約下出門唱歌散心。不巧，他就這樣碰上了震驚當年台灣社會的「神話ＫＴＶ」火警事件。這場火警一下子奪走了十六條人命，而余龍是其中之一。

半夜，寶如接到了嫂子的來電，親耳聽到這個晴天霹靂的消息！剎那，寶如忘了自己之前受到的委屈，也忘了自己對丈夫的憤恨，只是一股勁地在路上狂奔著，坐上計程車，看著醫院逼近眼簾，看著醫生搖頭嘆息，看著夫家的人在門外哭泣，看著病床上覆蓋著白布、冰冷而僵硬的軀體，看著自己的淚水無法停止的滴在地上、在心底……寶如再也聽不到余龍親口說聲對不起，再也沒有機會可以原諒他，寶如和自己一生最心愛的男人告別，卻是跟她的祖父一樣，是見不到最後一面的別離。

余龍死後，紀寶如過著猶如行屍走肉般的生活。公婆對於余龍的死，一直怪罪紀寶如，覺得是她害死自己的兒子！到後來連她自己也這麼認為，若不是自己執意要離婚、出走，也許余龍就不會死。也因為如此，公婆不允許她與余龍的長子接觸，寶如只好將老大交給公婆扶養，她帶著老二、老三在外面生活。當時長子已經十一歲，家裡突然發生遽變，讓他原本就內向的個性更加陰沉，躁鬱症就這樣爆發了。對寶如來說，這又是另一個雪上加霜的打擊。

心急如焚的寶如，非常擔心大兒子，但又只能偷偷的與他見面。「嫂嫂，是我，請你帶我兒子出來給我看看好嗎？」這是她唯一的辦法了。

不過另一個困難正悄悄到來，考驗著寶如。單親媽媽要扶養兩個兒子，且沒有家裡的援助，紀寶如真是亂了方寸。除了演戲唱歌，她沒有其他的一技之長，幼年時種下的苦果，現在正無情的反撲她。「如果，當初我能多唸一些書就好了！」無奈的她只好忍著羞愧，到一家酒店當幹部，過著日夜顛倒的生活。

她心裡的苦悶無從發洩，於是在那裡學會了喝酒逃避，醉生夢死。她想用酒精的麻醉，來忘掉對所愛之人的思念之苦；悲哀的是，醉酒時痛苦，酒醒時更難過，所以她只好愈喝愈多，愈醉愈深；甚至變成只要她一喝酒，就開始責難周遭的人。她藉酒裝瘋、壯膽，罵父親罵小孩，只要是關心她的人，她都開口罵他們。

但是，她的內心其實脆弱、害怕得不得了，雖然愛他們卻不知如何表達，因為害怕再失去，便像惡性循環似的，想激起重視之人的注意，卻反而讓彼此積怨更深。

過了五、六年這種與酒精為伍的日子，紀寶如，從一個如日中天的紅星，擁有大筆財富和帶著甜美笑容的女人，到如今，成為從酒店幹部、行銷業務到自己創業都沒有一件事情是順利的落魄單親媽媽，前後之差，真讓人不勝唏噓。

在酒店工作幾年之後，紀寶如有了一些積蓄。於是她決定跟好友狄鶯合夥投資SPA，她滿懷希望，因為這或許能使她跳脫現在的景況，重新讓生活正常些。但一如往昔的，最後還是落得虧損連連的下場，她們只有急切地把店頂讓出去。但頂店沒這麼簡單，他們能想到的就只有業界的龍頭黃馬琍，希望她能幫幫忙。

這看似又是人生的另一場困境，是否有可能導致另一種惡性循環呢？

所幸，她終於開始了生命的轉折。這位黃馬琍，是紀寶如生命中的貴人，她的出現，改變了紀寶如的一生。不是她為寶如帶了什麼事業上的轉機，或者幫助她賺了錢，而是很簡單的，她帶著紀寶如來到一位最好的朋友面前，一位名叫「耶穌」的朋友。

第一眼見到黃馬琍時，紀寶如被她的喜樂所吸引，她總是笑咪咪的，且認真的聆聽別人說話，從她的眼神中更可以看出，她很願意以同理心來面對周遭的人。她深深感覺到，那喜樂的態度不是從事業成功或人際關係磨練得來的，而是發自內心底，一種不可思議的力量。

黃馬琍見到狄鶯和紀寶如愁眉苦臉的表情，並沒有先談生意上的事，而是劈頭就告訴她們說：

「妳們不快樂，你們正需要內在生命的改變。耶穌可以為你們帶來改變！」

的確，她也累了！從幼年以來，那外在豐富、內裡孤獨的生活，那找到摯愛卻又難以擁有的遺憾，以及生命中一連串令她措手不及的擊打……她真的累了，只是何處是她可以安歇之地呢？

她也想過死亡或許是一種解脫，但是她沒有那種勇氣，也不甘心自己的生命只能在憂傷中度過、在遺憾中結束。

是的！她也想獲得那種喜樂和平安的心靈，一路以來她都是如此，跌倒了再爬起來找尋出路的呀！於是她隨同黃馬琍開始禱告起來。

我們永遠無法去解釋，生命中許多奇妙事物的發生，究竟是如何運作的，正如我們無法解釋生命本身的奧祕。我們來到世界上，總在追尋些什麼，但也往往在追尋當中失望。可是每當我們就快放棄時，總會有新的一扇門爲我們開啓，顯出一條與我們原先所追尋的完全孑然不同的道路；只有當這扇門出現時，我們才知道，原來這才是我們該追尋的生命之道！

當紀寶如禱告時，神奇的事情就這樣發生了——有一種感覺充滿了她，但她也說不出這感受到底是在心中、還是真的發生在她身上，她好像漂浮在空中一般。

這就是上帝的恩澤嗎？她只感覺禱告的時候似乎有人抱著她，給她一種全新的、很溫暖的感覺，一種彷彿有聲卻又沉默的言語告訴她，她並不孤單！她所有的傷痛都有人了解，且至終會給她一個答案。當下紀寶如就大哭起來，將那所有的苦痛與回憶、光榮與失敗，祖父母和余龍的笑容，都藉著淚水完全地融合為一了！

「我幾次流離，祢都記數；求祢把我眼淚裝在祢的皮袋裡。這不都記在祢的冊子上嗎？」——〈詩篇〉五十六篇八節

哭過之後的紀寶如，彷彿重生一樣，肩上的千斤重擔卸了下來。她體認到，過去的生命或許不能再來一遍，許多的遺憾或許難以避免，當人用盡自己的方法驕傲仍失

敗，卻有另一種力量在等待著你重新開始。

很快地，紀寶如開始有了教會生活，從一開始那震撼卻令人不解的相遇，到後來在教會中更明白上帝之子耶穌的事蹟：

「與我相遇的，便是這位耶穌呀！」

她很快地受洗成為基督徒。教會使她對這位「最好的朋友」認識更多，將她所有過往的傷痛和扭曲的價值醫治了，將她的人生化悲為喜。

很久以前，她一直想當自己的主人，但是她只換來了家人的心痛；而後，她終於當了自己的主人，卻對自己的生命毫無掌控的能力；現在，那一位耶穌成為她的主人，她發現自己可以放心地向前走每一條道路，因為她深信那位「主」定會帶領她，不會背棄她。

《聖經》告訴她，「主說：我總不撇下你，也不丟棄你。」

不管她是不是當紅的童星，不管她有沒有外在美好的條件或名利、學識，上帝總不會撇下她！

愛是什麼？愛是不離不棄！

紀寶如這樣的轉變，一開始當然讓周遭的人頗不習慣，像她的父親就很不適應，

覺得她怎麼會去接觸這種洋人的東西。

「很多人剛聽到我受洗成為基督徒，多半不相信。如果是換成以前的我，一定會和他們爭得面紅耳赤；但我現在不會這麼做了，我會去傾聽別人的聲音。」

從寶如加入教會以後，朋友、家人真實地體會到紀寶如的改變，所以對她去教會的態度就從否定轉為尊重、祝福。

如今她從耶穌的身上學會愛，懂得如何去愛。上帝讓紀寶如找到快樂的祕訣，越活越自在。

她把藏在心底幾十年、想對父親說的話全部都說出來；也放下對前夫過世的罪惡感，努力和公婆恢復關係；對於一直以來甚少相處的兄弟姊妹，紀寶如也用自己的愛搭起了溝通的橋樑，家人關係有了前所未有的緊密感；兒子的病情也獲得好轉，一家人重新開始共享天倫之樂。這一切都是因為，紀寶如信主，學會了原諒別人，然後原諒自己。

以往總帶給觀眾歡樂的紀寶如，終於從自己的人生悲劇中走出來。現在的她要為自己上演一齣屬於自己的喜劇——要好好去愛，並且持續的愛下去，信靠下去，喜樂下去。

星光下的眼淚

唐德蓉、邵揚威

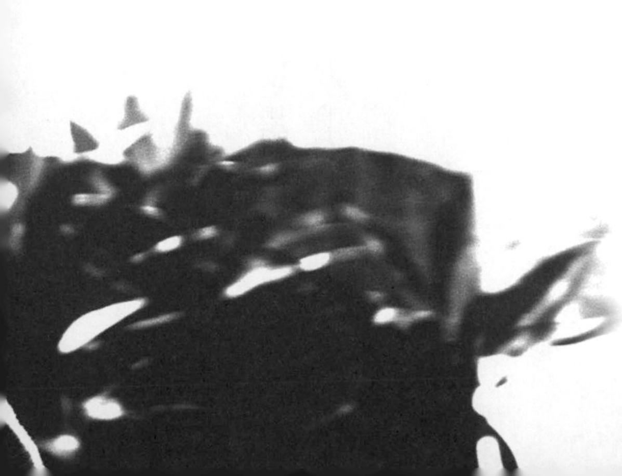

真情小語

從前、從前……

童話故事的王子、公主結婚後，從此過著幸福快樂的日子，這是每個孩子都知道且認為理所當然的美麗結局。但是在現實生活中，是否公主與王子真的能從此無憂無慮的共度一生呢？是否會煩惱柴米油鹽醬醋茶，煩惱家中是否和樂，煩惱有了孩子後的教育問題，煩惱情緒，煩惱夢想，煩惱人生……

唐德蓉，這位女主播，就有著世人羨慕的公主與王子的婚姻。但在每段亮麗光鮮的童話外表下，總有著許多不為人知的故事。因為這是現實的人生，是未經過簡單預設的複雜世界，人與人活生生的在其中哭、在其中笑，在其中掙扎與追尋、等候與逃避。

接下來，我們要說的是一則王子與公主在結婚後發生的故事。在童話中，結婚是故事的結局，但在這則故事裡，婚姻只是個開始！公主也有辛酸，不是肥皂劇中豪門大院的獨守深閨之怨，而是如同社會寫實劇般歷經夫家的家道中落。王子也有艱難，不在情情愛愛雪月風花，而在於他是否能在人生逆境中自我突破。

唐德蓉是一位不一樣的公主，還可說是一位建構自己夢想王國的女王，因為她有自己的主見與自信，比較不喜歡受制於人。

她並不養尊處優，她知道，每個人都是座孤島，至終你要有自己的主權與王國；在這王國中你可以發號施令，你可以勾勒出一幅美景，再辛勤的朝著美景去建構，好證明自己的存在價值。

「我要成為一個擁有自己夢想的職業女性。」母親從小教誨她：女人絕對要有自己的收入，不要跟夫家伸手要錢，這樣在家族裡才會有地位。

在大學畢業後，她投入了自己喜愛的新聞傳播業，考進中視公司，很盡心盡力於記者的工作。憑著亮麗的外型、清晰的談吐、敏捷的思維，半年後，她坐上了主播台，開始播午間新聞，又主跑重要的黨政新聞路線。當時她是台內最年經的主播，有這樣的際遇，可說相當幸運；而觀眾們也喜愛看見她，喜愛在螢光幕前聽她、看她流利的播報專業，及不時露出的甜美笑容。

她自身也相當努力，她明白主播可不是只靠臉吃飯的！一個好的主播需要客觀中帶有情感，穩定中蘊含特色，忠實的呈現真實卻不能煽動大家，所以她總一有機會便充實自己。在內心深處，她是驕傲的！

而就因為她這樣熱情的投入在職場上，在螢光幕前大放異彩，也揭開了王子與公主之間故事的序幕……

建築業邵家的第二代公子邵揚威，可說是個天之驕子，退伍後就進入父親的建設公司工作，一開始的職位就是副總經理。雖然家住豪宅別墅，出門開名車，非常風光體面，不過揚威並沒有自認生活富足而怠惰，在工作上非常努力，幫父親的公司完成幾個大案子，賺了好幾億。意氣風發的他，自認什麼都不缺，但就是少了一個女朋友。

尋覓多年，終於有一次，在全家收看中視午間新聞時，看見了主播唐德蓉，家人都對她印象非常好。父親尤其興致勃勃，想透過在中視的朋友，介紹揚威讓唐德蓉認識，不過卻被對方奚落了一番。揚威聽了，更下定決心一定要追到她，於是找了好友──當時的華視主播胡一虎，拜託他幫忙介紹彼此認識。

耐心的他終於有機會和唐德蓉見面了！

「果然，這才是我要的女孩呀！」亮眼的外型，得體的舉止，大方的態度，還有那認真明媚的眼神。「快呀，說些什麼吧！」揚威在心中提醒自己。

偏偏見面那天，他剛好感冒，聲音有些沙啞，同桌好友又為了炒熱氣氛，大夥兒你一言、我一句，熱絡的談笑聊天，只有他，從頭到尾說不到幾句話。

德蓉早在友人口中得知揚威的追求之意，但見他不太說話，似乎顯得穩重、有內涵。雖然還是不太瞭解他，倒也留下深刻印象。

揚威自覺初次見面表現不盡理想，但仍然展開追求攻勢。慎重與實在的揚威，在身為主播、伶牙俐齒的德蓉面前，已然變成口拙的人，所以每次只要和德蓉聯絡，打電話之前都先打草稿，擬完稿、背起來，才正式打電話給德蓉。

終於，在他們相識不久後遇到了情人節。揚威鼓足了生平最大的勇氣邀請德蓉共進晚餐，德蓉很有禮貌的回說，抱歉，當天可能有事不能來！不過他還是抱著希望，說會等她。

揚威依然細心準備一切，在新光摩天大樓頂樓餐廳訂位，準備了禮物，準備了見面時要說的台詞……也細心的背誦在情人節當晚等候佳人之時要說的稿子。他滿懷希望的等候著德蓉，想像到時她聽到、看到自己精心預備的一切時，會有何反應。

離約定時間還有一個小時，嗯，快了！快了！耐心點！這一小時如同靜止一般令人難耐。

終於指針指到約定時間了，他抬起頭來望著門外，等候他魂縈夢牽的身影。

滴答、滴答，時間流逝，餐廳來往的人群絡繹不絕，但就是沒有他心愛的伊人倩影。

滴答、滴答，時間繼續流逝。情侶們在周遭甜蜜快樂的用餐，而自己對面的座椅卻依舊空蕩蕩，就像他的心一樣空蕩蕩的。

餐廳安排在情人節這天，為用餐的客人用立可拍照相留念，攝影師走過一桌桌的情侶面前，捕捉雙雙對對的儷影。走到揚威這桌時，就跳過未拍照，直接走到下一桌。揚威把攝影師叫回來，說，只有一個人，不能拍照嗎？於是也要攝影師幫他拍一張照片。

剛好過兩天是德蓉的生日，揚威準備了禮物，連同這張照片以及卡片，一起送給了德蓉。卡片中寫道：妳值得我等候！

當德蓉拿到照片，看到揚威形單影隻卻仍笑容滿面時，她的心軟化了。她似乎能從光鮮的外在條件以外，看到一個人最可貴的誠懇與珍視對方的心意。

原本德蓉是預備繼續出國進修的，對感情的事持保留態度。不過，也許是時候到了，親友也鼓勵她，如果有好的對象，應該也要考慮終身大事。就這樣，德蓉撤了心防，並願意與揚威交往，試著瞭解寡言的他，其實內心是何等的豐富。

猶太人曾有這麼樣的一個小故事。有人問一位猶太教有名的教師說：「夫子！上帝花了六天創造世界，那麼接下來的時間祂在做什麼呢？」

那位教師抓了抓雪白的鬍子回答：「祂在預備一件最困難也最重要的事……」

問話的人滿是疑惑的問：「上帝不是無所不能嗎？那什麼事需要祂這麼認眞預備？」

教師沉默了一下，隨即認眞的回答：「祂在幫每一個人預備未來的伴侶！」

一個適合自己的伴侶，這是多麼重要的事呀！當一個男人遇到一個女人，許下了堅貞的誓言，從此以後便是一體的，要一同承擔壓力，一同負擔責任，別人視他們將不再是單獨的個體，而是一個家庭！他們會有共同的朋友，共同的財產，還須協調彼此不同的夢與性格，當夫妻之中任何一個人受苦，那麼另一方也沒有安逸的權利。找一個適合自己的伴侶，絕對是一種最大的挑戰與最難堅持的誓言！

十個月以後，揚威就把德蓉娶進門，父親在凱悅飯店席開一百桌不收禮，黨政軍高官、商界名人都是座上賓。

王子與公主從此以後……

不！等等！故事尚未結束。

嫁入豪門是許多女孩子所憧憬的夢想。兩夫妻這時候，建築屬於兩人世界的美麗新天地，買了一百多坪的上億豪宅。父親又在澳洲的黃金海岸買一塊地，由於揚威和爸爸都喜歡釣魚，就買靠海的土地。找台灣建築師規劃，設計一個造型像大貝殼的別墅，儼然如王子與公主的夢幻城堡。

可是這一切並未使德蓉得意忘形或是從此養尊處優。她是公主，她也是女王。女王是擁有自己王國的，女王是獨立不須倚靠外力而存在的，女王的尊嚴是自己個人爭取到的。她仍要擁有自己的夢想！

揚威是一個不多話卻深愛妻子的男性，非常尊重妻子的想法。在與夫家討論之後，德蓉在婚後得以繼續從事自己喜歡的新聞業，而不像其他人一樣，結婚後只能在家相夫教子，放棄自己的夢想。

完美幸福的人生康莊大道看似就會如此延續到永遠。但有一句諺語說得好：天有不測風雲，人有旦夕禍福！一場風暴正在醞釀，像潛伏在側的獅子……

在德蓉懷了第二個孩子的時候，邵家因為大環境不景氣而生意慘澹。禍不單行的是，揚威的父親因為建築業的不景氣，開始將大量的資金投入股市，起初還賺了兩、三億，但後來倒賠至少十億，將家中現金都賠光；同時，由於父親鼓勵，揚威也投入股票的投資，玩起融資的豪賭，剛開始賺了不少，但後來倒賠幾千萬。

這就像一個無底洞，越想要填滿它，那洞就越大！它吞噬的不單是資金，更吞噬著人不服輸的性格與賭性。家裡的房子開始一棟一棟的賣，借貸也一夕暴增，都是為了將經濟裂痕彌補起來。揚威因為不贊成父親一直賣房子投資股票，勸父親收手，甚至造成了父子之間爭執不斷。

一瞬間，兩人從生活不虞匱乏的日子，漸漸墜入到一無所有甚至負債的日子。揚威也從小老闆變成失業男，從雲端跌到谷底。他心中相當的不好受，覺得愧對德蓉，畢竟連他也沒想過自己會落到這種窘境。

德蓉生完老二，做月子後第一件事就是搬家，搬到只有原來一半大的舊房子。當時房東與樓下管理員認出了中視主播唐德蓉，德蓉還羞愧得不敢承認。

全家經濟開銷，就靠德蓉的一份薪水養家，房租、兩個小孩幼稚園學費、保母費，家庭日常開銷，薪水根本不夠用，連大樓一個月一千多塊的管理費都是壓力；銀行裡存款愈來愈少，最後常常提款卡只剩百位數；沉重的經濟壓力，卻又得隱藏。

德蓉的父母見德蓉養家實在辛苦，為了幫她減輕負擔，買菜買米送到家裡，為了不傷德蓉的自尊，還說是因為怕德蓉上班忙沒時間買，所以幫忙買好。這讓德蓉覺得很傷感：「自己很不孝，已經結婚了，還要讓家裡操心！」

除了經濟困境，對愛面子的他們來說，想當初報上登了中視主播唐德蓉風光嫁進豪門的消息，如今卻落得如此際遇，根本不敢讓人家知道，同事朋友還以為她過著少奶奶般舒服日子，而實際上，苦水只能往肚裡吞。

他們的自尊心和怕麻煩別人的心情，讓他們不願意向親朋好友求援，不願意讓任

何人知道他們的窘態。這段時間也很少參加朋友聚會，因為聚會就要請客，他沒有能力負擔。以前請吃一頓飯，花好幾萬是稀鬆平常的事，破產失業後，揚威不敢讓朋友知道，朋友找吃飯，能推就推，推不掉的，飯後也會盡量推辭不讓朋友送回家，不然就是硬著頭皮讓朋友送他回原來住的豪宅，再自己搭車回家。

另外，原本揚威另有投資一個從澳洲引進代理，而轉型成岩燒餐廳的事業，興盛時期，還曾經在全省有二、三十家連鎖店。不過也在這時候，餐廳的熱潮退了，經營走下坡，許多分店都收起來，不賠本已經不錯了，更遑論挽救邵家的經濟危機。

一向個性強、好面子的揚威，自尊心受到嚴重打擊，但仍不放棄，認為自己一定可以東山再起，想了很多賺錢計畫，但接二連三失敗。

他想：大概不會有任何機會了，甚至想自殺……但是看到辛苦養家的老婆和兩個可愛的孩子，實在不忍心離開他們！

在揚威最低潮的時候，德蓉跟他說：「老公，你不要擔心，我還有一份薪水。」讓揚威非常感動，於是念頭一轉：我要活下去，面對一切的困難，任何賺錢的機會我都不放過！他去動物園擺攤賣無尾熊絨毛娃娃，也賣過減肥食品，還幫朋友推銷電話節費器與賣手機電池，找了各種門路謀生。但隔行如隔山，他始終無法做出成績。

後來揚威和朋友合夥開環保公司，那是個以收「一般事業廢棄物」為主的公司，主要在各餐廳即將打烊時去收垃圾，有時還兼作一些資源回收以及餿水處理，可說每天與垃圾為伍。揚威是個愛乾淨的人，並不喜愛這個工作，但為了要有一份穩定的工作與收入，咬著牙努力去做。

揚威投入環保公司，白天跑業務，晚上秤垃圾。有經驗的人家用目測，他因為沒經驗怕接生意賠錢，則是自己半夜拿秤去店家門口，一包一包秤垃圾的重量。在低溫又下著雨的冬天，夜裡出門又濕又冷，還得獨自在街邊秤垃圾，那種景況實在悽涼。德蓉很心疼他，夜裡他出門，德蓉就躲在棉被裡哭。

而所謂貧賤夫妻百事哀，在生活與經濟的壓力下，加上彼此個性都很強，因此開始口角不斷。在公司，德蓉也掩不住焦躁，「那時的我，外表光鮮，內在疲憊不堪，因為自卑，自尊心特強，在公司裡就像刺蝟一樣，很容易發怒。」她還因此和公司原本和她感情很好的同事起了齟齬，結果事後後悔不已。

而揚威呢，仍舊話不多，讓德蓉覺得和先生很難溝通。她現在需要的是一個討論者，傾聽者，而不只是沉默者。她的心裡很慌亂，找不到出口，再加上現實生活的壓力、隱瞞親友的壓力，種種的一切加諸在她一個女子身上，簡直要把她逼瘋了。

人生歷程是很奇妙的網絡，牢牢的把人聯繫起來，再構成一幅巨大的圖畫。就好像許多曲折的故事，不到結局，任何事都有可能發生！

在德蓉走到人生絕境的時候，被指派做蔣宋美齡逝世回顧專題。瀏覽她一生偉大成就時，德蓉發現信仰是支持她非常大的力量。這引起德蓉的好奇，開始想去真正了解基督教。

在一次機緣下，朋友帶她去了教會。第一次參加教會主日敬拜，德蓉一進到會場，聽到詩班練歌開始，眼淚就流個不停，所有的壓力與苦悶，都在瞬間被耶穌的愛釋放！

從小到大，因為家庭管教嚴格，德蓉心中一直有個愛的空缺，沒想到因著那一次被耶穌的愛填滿的經驗，她開始有能力去付出，開始學會去愛人。德蓉的心漸漸被醫治了，脾氣漸漸改善了，她不再抱怨，不再與丈夫爭辯，她要試著相信，試著瞭解：「我們　愛，因神先愛了我們！」

當她了解並試著感受有一位看不見、摸不著的上帝一直在看顧著她，並且不在意她是公主還是女王時，她學會了一樣最可貴的事：「愛！」

《聖經》中的話語就在肯定這一點，也都在鼓勵著她：

「你看天空的飛鳥也不種也不收，上帝尚且養活牠們，你們比這雀鳥不是更來得寶貴嗎？」……真正的公主或女王不是因為他們擁有了什麼而證明他們的身分，而是他們生來就有這身分！

我們　愛！因為神先愛我們！

揚威也感覺到，太太信主後，有非常大的轉變。原本伶牙俐齒、得理不饒人的個性，變為溫柔婉約、賢德兼備。這讓他很驚奇！原本排斥教會的他，也願意來認識並且接受基督成為救主。

漸漸的，他們倆的關係改變了。雖然這時的德蓉，從一個不用操煩家務的少奶奶、被王子呵護的公主，搖身一變成了一肩扛起家計的職業婦女，但她並沒有放棄揚

威，她牽緊揚威的手，鼓勵他，告訴他：「只要我們在一起就足夠了。」

上帝給予她不一樣的價值觀，由原本以經濟獨立自主作為衡量一個人的標準，變為積極正向的肯定一個人的內在價值！

從揚威也受洗成為基督徒，願意來認識耶穌開始，上帝的恩典與祝福就臨到他的身上，就進駐了這個家庭。他們彼此變得非常體諒對方，並為對方著想。當年因為父親把家中所有資產都賠進股市，揚威對他非常不諒解，有四、五年不講話，只有過年才回家。但信主後，德蓉強迫先生一定要回家，揚威也因著主耶穌的教導，放下自己的怨恨，用感恩的心與父親和好，了卻揚威心頭最大的願望。

「使人和睦的人有福了！因為他們必稱為上帝的兒女！」

公主行使了符合公主身分的權柄。這一切的喜樂，都來自於參與教會的那一刻起，這是上帝帶給他們一家人的禮物。

原來只有專科學歷的揚威，因為萌生繼續進修的念頭，於是努力考上大學，並以第二名的優異成績畢業。接著，更獲得一個相當於不動產業碩士等級的國際證照——CCIM 美國國際商業不動產投資師認證。

也因為揚威與父親和好，父親就拿他最後一塊工業區土地讓揚威東山再起，回到建設業本行，開了新公司。那時正值SARS過去，房地產景氣開始復甦，公司第一個建案的銷售就很成功，接著公司業務蒸蒸日上，全家的命運，又得以翻轉。

除了憑著過往的經驗，揚威現在更增加了許多從前所沒有的特質——不怕吃苦的特質與無懼失敗的韌性！正因為曾經歷黑暗，所以無懼黑暗！因此，揚威和德蓉的生命彷彿脫胎換骨了一般，彼此的感情在經歷了這些風雨之後，更加穩固，像重新愛上彼此一樣，重新定位了對方，也肯定了自己！

「走過流淚谷，來到豐富之地。」這一段看似人生的挫敗，卻讓揚威深深的感恩，如果沒有歷經這樣的絕境，人是很難謙卑來到神面前，認清自己什麼都不能、什麼都不是，而在基督裡，卻能樣樣都有，而且清楚的擁有那獨一無二的寶貴身分，是無關物質條件和世俗的一切頭銜。

德蓉想到《聖經》的一句話：「人的盡頭，神的起頭。」她相信，每個人都有他不為人知的難處與所面臨的問題，但只要試試看，把這些重擔都帶到耶穌面前，再大的難題一定會有出路。

人生不如意事十之八九。唐德蓉選擇不自怨自憐，她也不自己硬扛，她放下了所有苦痛，交給了那位生命的主宰，從此輕鬆了起來。她也將這樣的恩典，灌注給丈夫、孩子，以及自己的父母、揚威的父母，大家的生命也都跟著開始轉變，一種前所未有的融洽，像江河活水，源源不斷的注入了她的家庭。

唯有生命才能撼動生命！

唐德蓉，亮麗的主播，嫁入豪門的公主，夢想王國的女王！她成了成功男人背後那最偉大的女性，不離不棄的支持著丈夫所有的決定與努力。

在揚威決定中年繼續上大學，工作之餘每個週六、日還得上課之時，德蓉也無怨

尤地忍住自己週一到週五工作所累積的疲累，週六、日一個人在家處理家務和照顧孩子；在揚威重新投入讓他們挫敗的建築業力圖東山再起時，雖然她心裡仍有些忐忑，但卻依舊全力支持著丈夫。

「才德的婦人誰能得著呢？她的價值遠勝過珍珠。她丈夫的心裡倚靠她，必不缺少利益；她一生使丈夫有益無損……」

這段出於《聖經》的話，不正好恰恰形容了現在的唐德蓉嗎？如果大環境是這麼的不可搖撼，那麼一個人的生命是否還能改變？又能如何改變？而上帝卻改變了他們的家庭，且給予唐德蓉更大的榮耀、更寶貴的歷程、更馨香的生命……

這樣的女人，剛柔並濟，因著信仰，給自己和家人灌注了新的生命。

從前、從前……一位王子愛上了一位美麗的公主，他們結婚了，從此過著幸福快樂的日子！但是王子的國家出了問題，這時公主扶持著王子一同度過了難關，然後……王子和公主的進行曲就這樣繼續的演奏下去。

人生三部曲

馬之秦

真情小語

虹彩因為有七種顏色而美麗，音符因為各自不同才能組合成獨一無二的旋律。而人的性格就好像上帝賦予人的最好禮物，使你特別，使你與眾不同。當然也因為如此，你將發現這禮物也帶給你孤獨，帶給你對自己性格缺乏部分的渴望，帶給你因這渴望而產生的失落與痛苦。

她是個演員，因此，她由戲劇中經歷了人間百態。她是個母親，對她來說，兒女是最重要的資產。她是個女人，渴望愛與被愛。她是個真實的人，用自己最真實的面貌面對了複雜的世界。她是個被藝術選上的人，心中有一股火熱，甚至一般人想要逃避的，她卻與這種火熱共存，為自己燃燒出精采的人生！她是一齣戲，名叫馬之秦，演給天使與世人觀看……

在多年前，有一個出生於陝西西安的小女孩，她的父親是北京大學畢業的高材生，還曾得過當時全國高考第一名，這女孩可說是生長在書香世家，有著很好的學習環境。不過麻煩的是，這女孩一點兒也不喜歡唸書，不太能接受學校的教育方式。她喜歡問為什麼，喜歡探究事物表象下的真實含義。她最無法接受像是數學或物理這類冷冰冰不容情感左右的科目。

好比說有個數學題目問：一隻母雞一天生十個蛋，若五天之後，那麼母雞會生幾個蛋呢？

許多同學能夠馬上回答五十個蛋！因為十顆蛋乘以五天等於五十顆蛋。可是，為什麼是這樣？女孩疑惑了，為什麼一定是一天生十顆蛋，而不是七顆或十二顆？難道母雞不會有一天肚子疼或心情不好生得少一些嗎？或許更慘的是，母雞還沒生完五十顆蛋就被宰來燉湯了呢？

老師聽了這樣的疑問，會斜睨著眼睛回答：這是數學的定理，五乘以十就等於五十。女孩卻覺得，這聽起來哪像個答案呀！這世界的定理雖然簡單，可是不該這麼死板！也因此她的腦海中總是充滿著許多天馬行空的奇思妙想。有時她會對所見的一切問：

「我是誰？我是什麼？我眼中所看到的世界跟別人眼中接收到的一樣嗎？」

有時她會感到害怕，不過那是一種說不出的感覺。覺得自己不一樣，又害怕自己不一樣。年紀小小的她，比別人更意識到自我的存在，意識到某樣特殊又無法捕捉的情緒——孤獨！這種情緒讓她躁進起來！但她會這樣，只是不想被許多常規所限制。特別的靈魂與性格，在實際的世界或許益發顯得格格不入吧！

每當大家都在做一樣的事情時，大家都說要讀書將來才有出息時，大家都說，你父親很會讀書、所以妳應該也要很會讀書時，她的內心會有一股不平之氣：究竟是誰規定了這一切？

她內心總會發出這樣的疑問。

在許多大人的眼中，會覺得，這孩子怎麼了，是生來反骨？還是破軍命格？怎麼什麼事都不放在眼裡！這孩子腦筋不好，不夠聰明，不適合唸書。

於是，女孩也覺得自己大概比別人笨吧！越是在這樣的心態下，她越是討厭學校各門課業，特別是數學！代數、函數、質數，一堆堆的符號及數字構成一座巨大的迷宮，使她怎麼繞也繞不到一個出口。

在幾年反覆的掙扎、妥協、再掙扎下，她放棄了！開始拒絕到學校去！

我為什麼要去那地方聽一些自己聽不懂的事情啊？

倔強的個性，使她立即付諸行動。一天放學回家，她在庭院生了一把火，把所有的課本都扔到火堆中。她要以行動來宣告、來抗議！對誰抗議呢？對爸媽？對學校？對自己不夠聰明？對這個必須要學習不適合自己事物的世界？她自己也不清楚！只知道當燃燒書本的煙霧裊裊上升時，她鬆了一口大氣，感覺也宣告了自己的勝利！

可是她父母可緊張了，孩子才讀國中，現在就不唸書了，將來怎麼辦？打她嗎？打也打不聽明，逼她嗎？這孩子性格剛烈不已，越逼，她反彈越大。

她的父親也只有搖頭嘆息：大概這孩子真的不適合唸書吧！一個不唸書的人，能有什麼發展？女工？幫傭？

不！似乎仍然有一條路可以走，且可以走出一片天的，那就是——藝術！畢竟對傳統書香世家來說，藝術只是一種偏門，是休閒活動，是不能當飯吃的；可如今，這個偏門似乎能為這位不唸書的女孩帶來一絲曙光。

「她雖然不會唸書，畫畫倒是挺不錯的！」因為這個念頭，父親決定帶她去報考當時為藝術教育而新成立的國立藝專。女孩心中抱持許多期待，她早已厭倦了刻板的教育，一成不變的規則，還有那似乎在嘲笑著她的一堆數字！可是到了學校，才發現，她沒有高中同等學歷，無法去唸美術科系。這世界的規則又將了她一軍！這時候只有戲劇科目她可以就讀！就這麼陰錯陽差的，步入了她一生的關鍵轉捩點。

人生是需要去經歷的！那不是一套公式，也不是課本內容；是活生生的，需要你投入感情，需要你面對痛苦，需要你用整個身心靈來學習。馬之秦因著自己特別的性格，走到了上帝為她量身而造的人生旅途上，開始她的戲劇之路！

一開始，她只是像個璞玉，尚未雕琢到發散璀璨的光芒。女孩仍然茫然！對她來說，戲劇二字，代表了小時候看那戲班子在台上粉墨登場的情形，那時鑼鼓在後台敲呀敲的，悠揚的二胡伴著演員的唱腔，多麼熱鬧又有趣呀！

可是進了藝專，當她由純觀賞者變成了被觀賞的對象時，那可是兩碼子事了。不單要注意自己的語氣、表情、感受，還得克服面對他人眼光的怯場反應。不過她的心中隱約覺得，這似乎是一條很適合她的路。

演員！一個同時擁有不同情感卻又要保持自我靈魂的身分，一個帶入別種人生經

歷又要能冷眼旁觀的身分。這對痛恨數字及一成不變世間定理的她來說，恰巧滿足了她求變、求深刻、求激昂的熱情。

不久後，第一次的演出開始了！她的外型並不是頂亮麗的一員，年紀又較小，所以在一齣劇中，她扮演女傭的角色。當時她還沒有那種「戲劇歸戲劇、現實歸現實」的老練經驗，她覺得女傭這個角色讓她丟臉。她在家看著鏡子哭泣：我是哪兒長得像女傭了？

但是在台上，她憑著天生優異的感受力及充滿勇氣的表現力，演活了這看來微不足道的角色；公演結束，她卻成為最受注目的新星。看那場表演的人們或許會忘了當時外型亮眼的女主角，但卻忘不了這帶有些傻氣與機伶的俏皮女傭。她喜孜孜的在後台跳著，感受自己被肯定、被在乎的美好感受，也似乎知道了，不一定要是最完美的那個角色才值得去扮演。這奠定了她日後對表演的自信與風格，使她詮釋不同角色時，

都能將自己那心中強烈的真實情感表露出來。

接下來，香港的電影公司挑中了她，國內第一家電視台成立後找上了她，許多賞識她的人們，一步步的給她更多美好的機會。

演藝生涯使得一位特別的、且不易被理解的女孩發現了自己，也使她誤以為現有個性便是自己的全部。劇中的她敢愛敢恨，戲外的她好惡分明，致使她在與人相處上出現了嚴重的問題而不自知。她很難體會，人生不是戲劇，失敗了不能重來，造成的傷害無法輕易撫平。從小剛烈的性格與那藝術熱情，使她不能掌控情緒，且行事過於衝動！

在她二十出頭的如夢年華，便因憧憬愛情而迅速開始她人生第一段婚姻！這決定並不草率，只是，才由女孩變為大人的她，未能有足夠的經驗及理智去明白，愛的誓言不只是起初如風如火的悸

動，更需要持續的、穩定的經營！

在與另一半相處的過程中，她總是困惑著：

「這真是我要的愛嗎？」

「為什麼他不能多體諒我一些？」

她的內心一直渴望有人瞭解及分享，分享她的特別，分享她內在豐盛的情感，分享她的生命。但是，畢竟每個人都是獨一的個體，無法真正的融入另一個靈魂中永不疏離。最後，在一連串的磨合爭吵後，這段婚姻便告結束。

或許只有戲劇中那單純的、經過設定的澎湃，才能真正滿足她靈魂中燃燒火焰所需要的原料吧！所以只要她一失望了，便因驕傲，便因從兒時就存在的對世界定理之恐懼，放棄經營她與別人的關係。

有兩種聲音在心中交錯，一個在耳邊呢喃：「你很失敗！」一個在腦中抗辯：「不！沒有對方，我也可以過的很好！就好像小時後我就算不會唸書，不也走出了自己的路嗎？」所以，罷了！結束吧！眼不見心不煩！從此以後，她便一路被如此的矛盾心境所左右及捆鎖！渴望被理解，又怕被理解。因為理解之後繼之而來的，總是失望！

女孩真的長大了，在人生的路上跌跌撞撞，邁向光榮，如今她已是家喻戶曉的名演員，是許多熱愛演藝事業者的前輩。但她總學不會如何與別人的靈魂碰撞，且碰撞出真正長久的美麗火花。

她仍真實，她很剛烈，她真實表達出剛烈之後，總會帶來些傷害。好幾回，當她和年輕後輩對戲，後輩因為緊張或經驗不足等原因表現不佳時，她便板起面孔，甚至大發雷霆，將後輩教訓到無地自容，淚灑攝影棚。

曾經有過這麼一段插曲：有一回一位新人與她對戲，當他看到她的眼睛時，總會緊張的說不出話來，而忘記台詞！幾次ＮＧ後，心直口快的她對新人說：「我看你根本不適合走這一行！」後來，新人便因此放棄了演藝之路。

她成了一個讓他人害怕的對象：

「別得罪馬姐，不然吃不完兜著走！」

「唉！那個馬姐呀，昨天又罵跑了一個新人，我看明天他是不會來了！」

她不是沒有發現這些情形，也不是沒有自省能力，只是她著重在「我沒有錯！是別人太輕忽隨便！」而忽略了人與人相處時那最根本的感受。心直口快！這是她或別人對自己所下的最貼切的註解。當許多朋友與長輩勸她改改這脾氣時，她總以更多的憤怒來回應：反正我就是這樣子！

不過，就算如此，她的事業卻如日中天。第二十屆金鐘獎，她與當時全台灣最優秀的演員一同角逐最佳女主角。在評審一陣激烈的討論後，她得到了這個獎項，達到了事業巔峰。「馬之秦」這個名字，從此成為實力派演員的代表之一。

在人際上的失敗與家庭婚姻的失和，使她更全心浸淫在戲劇工作表現上！

時間是很奇妙的引導者，總在某個看似一成不變的經驗中，帶著你學習新的事物，感受新的體驗。

在經歷了二次失敗的婚姻，直到第三次婚姻時，她以為幸福終於到來了。她認識了一位相當有耐性的

人，他愛著她。對她來說，耐性便是最能與她互補的可貴性格。接著，她漸漸淡出熟悉的影劇圈，專心相夫教子。他們一起經營的事業有聲有色，生活富裕且充實，她也極為滿意這種單純為人妻、為人母的靜謐生活。

「這一次！我可以安定了吧！」她想。

剛開始她還沒發現，長久以來的戲劇生涯，在各種不同情緒的轉換下，早已切割了她的靈魂！平靜的生活看似幸福，但她有時不免有一種失去了自我的感覺。內心的矛盾開始加劇，讓她易怒的性格重現！若非先生的包容與忍耐，數次的煩躁與憤怒態度，必定令他們的關係老早就像之前的婚姻一樣迅速告終了！

多年的影劇生涯，與他人交際的壓抑，對自我的失望，早令她疲憊不已。一路以來我行我素的性格，令她總會在面對別人時，快速地想到類似戲劇的場景，並預設別人的立場：

「他為什麼這麼說？莫非他是……」

「他為什麼會這樣？除非他已經……」

有時她簡直就像個律師一般，質疑且抗辯別人為她付出的一切。

更糟糕的是，一旦她發現自己預設的是錯誤的，她並不會改變先前的態度，反而為了面子變本加厲，好掩飾自己的心虛。所以衝突一再上演，她跟自己的先生、兒子憤怒咆哮；在後悔之後，又只繃著一張臉。

許多年之後，她的青春已然消逝時，當白髮已在頂上越來越繁多時，當她理應因人生閱歷豐富而知天命時，她再度離婚了！這令她難堪且震驚。有一個她不願去想卻又不得不面對的聲音在疑問著：「難道我真的錯了嗎？」

在離婚後，她決定與自己的小兒子同住！這是有生以來，她第一次那麼重視自己的兒女。或許她終於體會到，無法老是自己一個人吧！奈何就算一直相處，也沒有使她與兒子的關係得到根本上的緩和與改善，反而充滿更多的爭吵。

身為一個母親，她總盡力的告訴自己不要生兒女的氣。她愛兒子，想保護他，想成為一位溫柔稱職的母親，但常年累積下來的習慣與脾氣又無法控制。正應了那句老話：「江山易改，本性難移。」惡性循環開始了！

她越重視自己的兒子，就越壓抑他，兒子也就反彈越大。到了叛逆期，情形更是嚴重，菸、酒、惡友、鬥毆與一雙充滿不平的眼神，讓她隱約在兒子身上看到了自己……小兒子承繼了她的性格！

有一夜，她在兒子的房門前叫喚，兒子怎麼也不開門。她真的急了，找來鎖匠後，當門「咿呀」一聲打開時，看見兒子打架後滿身是血的坐在床頭，她簡直被眼前的場景給嚇暈了！

還有一次快過年時，她為了兒子的生活習慣不好、東西亂放而大發脾氣，結果那一年的過年，兒子沒有回家。她心中懊惱不已，收到兒子傳來的一封簡訊：

「媽媽我愛妳，但是我不想再跟妳吵架了……」

這封簡訊令她多麼心酸呀！為什麼？我就是無法控制自己的脾氣呢？

心力交瘁的她，終於倒下了！極度緊繃的精神斷裂了！她憂鬱的躲在房門內，覺得世間的一切都令她厭倦，人際關係也好像是種無期徒刑。她想逃開！徹底逃開！他

真的累了……

「好吧！反正我是個討人厭的傢伙！反正我脾氣改不了！那我消失好了！」

從此，她就像被困在水井的魚一樣，失去了所有活力！不再接電話，不再開口與人說話，不再在乎周遭所發生的任何事。這樣的自我封閉許久之後，幾個好友擔心他，來探望她，赫然發現她老了好多，眼神不再有光彩：

「這不會是當初那在螢光幕前閃耀的馬之秦吧？」

由盛至衰，這位像烈火般的女人，將性格、家庭、人際等等她所重視卻無力保留的一切給統統燃燒殆盡，似乎不再有任何燃料可使她再度燃燒了！

在這時，好友黃馬琍在見到她的狀態後，心中很是不忍，且為她惋惜！這位身為基督徒的好友，深知人生不是如此的！人生是一種禮物，雖

然有淚水，但那才能夠體會歡樂；雖然背著許多重擔，但總會有一位如父親般慈愛的上帝，願意替我們承擔。《聖經》中有一句話說：

「凡勞苦擔重擔的人到我這裡來，我就使你們得安息！我的心裡柔和謙卑，你們當負我的軛，學我的樣式，我就使你們得安息！」

這句話，不正像對馬之秦說的嗎？她背著一副重擔，這重擔名叫作自我！因為自我，所以無法柔和；因為自我，所以無法謙卑；因為自我，所以勞苦嘆息！

黃馬琍開始積極地邀請她加入教會，或許她可以在當中找到截然不同的光吧！一路以來，她追尋、掙扎、失落，到頭來陪伴她的也只有自己。於是在黃馬琍連番的邀請下，她終於因為盛情難卻而踏入了教堂！

原本她的心中只想應付一下這位好友：「反正，她們這群人做什麼，我也沒有感覺，也不關我的事情！」

奇妙的事卻悄然來到。當台上的音樂一響起，她的胸腔像受到重擊一般，令她微張著口，呆若木雞！

這是一種全新的感受！只不過是簡單的一個音響聲，卻似乎比世界更繁複，比雷聲更鏗鏘！

接著，大家一起開口唱詩歌了！明明她見識過許多充滿才華的歌手唱出恍若天籟般的聲音，也參與過頂級音響所帶來的震撼表演音效，但為什麼？為什麼不過幾十人齊聚在一起且只有簡單音響所發出的音樂，會使她如此悸動？

淚水不受控地拼命湧流！她像個小女孩一樣哭泣！她覺得自己需要被安慰，需要被真正的肯定，肯定她這個人，而不是只肯定她的事業表現。而過去那些委屈，那些光榮，那些每一時期的自我，所有的經歷如走馬燈般在心中浮現……

她記得大兒子小時候曾有這樣的經驗：有一次在學校的畫畫課，老師要同學畫的主題是「媽媽」，他腦海中一下子浮現奶奶的面容，一下子變成媽媽……他怎麼樣也無法下筆，要畫奶奶還是媽媽？畫憤怒的媽媽好嗎？媽媽真的是這樣嗎？所有的影像愈來愈扭曲、模糊……最後，他交了一張白紙。

她還記得兒子曾對她說過那句最令她難過的話：

「你的溫柔只有在螢光幕上！」

她哭泣著，撤下所有武裝心防，像對最愛自己也最瞭解自己的人傾訴衷曲一般在心中吶喊：

「不是的！我不是這樣子的！我只是不知道該如何作！我……我只是想真實的走我的人生！」

……

這一天之後，她的心情開懷多了，但說不上來是為什麼。

當她再度回到現實生活中，很快地，她又將淡忘那令她悸動的感受。此時好友又再度扮演了楔而不捨的積極角色，帶著她再度去教會。

一段時日後，她的感覺似乎不同了！她會開始想念教友們的笑容，那笑容沒有任何利害關係存在，只是單純對於「她在他們當中」感到喜悅！沒有光榮，沒有目的，沒有異樣或特別的目光！這是真誠的地方！她可以在當中好好作自己。

當她看別人的眼光不一樣時，她不知道，這個美好的環境與經歷已經帶著她走入了新天地，也在無形中治癒了那疲憊不堪的心靈。

當她看別人的眼光不一樣時，她接納了自己，也明白了人際關係不再只是一種手段或無期徒刑，而是一種很真實的互動。

生命的改變不是一百八十度的刻意轉變，而是潛移默化的，像一顆種籽，今日栽種，等待發芽，在時光流轉中終於長成了挺拔的樹木！

她與兒子的關係慢慢產生了變化！她變得開朗，最讓人訝異的是她的脾氣

越來越好，她開始懂得在發脾氣前忍耐。

她也跟著教會參加許多的公益活動，因為她渴望學會她信仰的耶穌所呈現的那份溫柔。為什麼這位耶穌能那麼有愛？她告訴自己：我需要改變，我願意被改變！而這一切要從家庭開始。

她在心中自省：「若我能在外面看別人是可愛的，若我願意參加公益活動卻不能包容自己的家人，那麼我是多麼虛假呀！」

她變了，以往什麼事物都不在乎的她，習慣以憤怒解決事情的她，如今卻有著一顆渴望自己能柔和的心。她也發現當她真的如此渴望時，她的心是快樂的！她似乎明白了耶穌說的那句話：

「我的心裡柔和謙卑，你們當負我的軛，學我的樣式，我就使你們得安息。」

馬之秦，這位像烈火般的女人，重新點著了自己的生命，開始散發溫暖的光芒。她的新故事仍在繼續。

她是個演員，經歷過人間百態；她是個母親，正在用生命與兒女互動；她是個女人，體會了愛與被愛；她是個眞實的人，生命擁有更多的可能性；她是一齣戲，名叫馬之秦，演給世人與天使觀看。

在逆境中發光

張成秀

真情小語

一個人的生命，究竟有多少的可能性呢？在社會M型化的今天，艱難的生活條件似乎帶給人們一種無法突破命運或環境的迷思。然而，我們將在張成秀的故事中發現，生命的本質就是無限可能，是一種奇蹟！

我若要用一段話來形容張成秀：這位曾當過女工，而今是商場上叱吒風雲的女強人、同事眼中的好主管；這位曾經繳不起北一女學費、現在卻擔任google公司的台港業務總經理，我會選擇用這段話來形容她：「我知道怎樣處卑賤，也知道怎樣處豐富；或飽足、或饑餓；或有餘、或缺乏，隨事隨在，我都得了秘訣。我靠著那加給我力量的，凡事都能做。」

的確，從貧困到光榮，從憂愁到喜悅，從好女兒到好母親，從好員工到好主管，成秀在面對生命時，她有個秘訣：她像朵花兒，在她所處的每一個環境中散發馨香之氣，那是經歷許多許多徹骨風寒之後的光彩。張成秀，你會發現這個名字，代表的不只是一位在商場上成功的女性典範，她更是一位面對生命道路永不言退的勇敢鬥士。

在舊金山一個寧靜的早晨，張成秀一如往常一樣牽著女兒的手去上學。陽光斜灑在倆人身上，一路上她們饒富趣味地去踩那軟軟的落葉堆，讓輕輕的沙沙聲伴隨著倆人幸福滿溢的笑容。張成秀心中無限感恩，感謝上帝給她機會，能朝夕與女兒相處，當個全職媽媽。天真的女兒抬起頭來看著母親喜悅的臉龐，突然問了一句話：「媽媽！你小時候，是誰帶妳上學啊？」成秀笑了笑，握住女兒的手緊了一緊，「媽媽不像妳，小時候媽媽都是自己一個人上學！」

「這樣不是好寂寞嗎？」

「所以，媽媽才要天天陪妳上學呀！」

成秀的思緒隨著延展的街道，回到了過去……

當爸爸一百八十多公分的身高，像拎小雞一樣拽著她過馬路，她感到手好酸，也好幸福。以前爸爸從來沒帶她上學過呵！她抬頭看著高大的父親，這位甚少跟自己說笑的父親，心中感到一陣驕傲與仰慕。我爸爸好高大！是英雄！

「爸爸，你以後可以常常帶我上學嗎？」爸爸低下頭來，摸了摸她的頭，撥了撥她耳際的髮絲：「嗯……那要看爸爸工作忙不忙！」她不敢再多作要求。因為爸爸很

辛苦，爸爸要賺錢養家。

這是爸爸第一次帶她上學，那雙大手傳來一種溫暖的安全感，彷彿只要有爸爸在，天塌下來，也不用害怕。前一陣子，她才因為自己的頑皮吵到爸爸休息而被責罰。那時爸爸氣沖沖地出來，打了她一巴掌，在淚水和抽噎中，媽媽抱著她進屋裡：「成秀乖，成秀不哭，最近爸爸工作很累，心情也不好，下次不要再吵到他了！」她原本以為爸爸已經不喜歡她了，但是今天爸爸卻牽她的手帶她上學，她好高興。

如果能夠，她多麼希望，到學校這條路能更長更遠一點，多麼希望爸爸握住自己的這雙手，永遠也不要放。

成秀帶女兒到了校門口，她蹲下來替女兒整理一下衣領，女兒卻扁著小嘴不想進

去！

成秀疑惑的問：「怎麼了？為什麼不開心呢？」

「我不想上學，我想媽媽陪我！」

成秀握住女兒的一雙小手：「乖，聽話，上學很有趣的，有好多同學，媽媽小時候最喜歡上學了，來！玩具帶著，妳一放學，媽媽就來接妳！」說完，成秀塞了一個玩具到女兒手中。女兒笑嘻嘻的抓起手中玩具把玩了一下，踏入校門。

成秀望著女兒的身影漸漸沒入校園長廊。對她來說，玩具一直是充滿回憶的物品，每當帶女兒逛那琳琅滿目的玩具店時，彷彿她的童年也跟著回來了……

小時候，在台北城內第一家以舶來品為主的兒童百貨公司「孔雀行」，就是她父親開的，店裡從童裝到各種新式玩具、食品，五花八門，應有盡有。所以，她不缺少小女孩夢想的美麗衣裳，還可以攜帶最新的玩具和同學分享，像個眾星拱月的小公主一般。

曾幾何時，爸爸突然不再拿新玩具給她了。甚至好幾天，她都沒有看到爸爸。她不知道，有一道裂痕，正緩慢的爬附在這美好的家，一股陰沉的風暴正醞釀著，將所有人捲入未知。

爸爸有外遇！

成秀對這句話仍是懵懵懂懂，只有哥哥在一旁的憤慨神色與媽媽沉默中帶著怨懟的眼神，令她覺得外遇一定不是甚麼好事情。是不是因為這樣，爸爸才不再給我玩具了呢？這個問題她不敢問。之後每次就算看到爸爸，爸爸也總是皺著眉頭，笑也不笑！高大身影看起來好孤單。

緊接著外遇事件而來的，成秀開始看到爸爸的一些朋友到家中來，而且都說些她聽不太懂的事，什麼石油危機啦、公司虧損啦、周轉不靈啦、違反票據法啦……這些奇怪的話，大家總是神色凝重。

不久後，一天夜裡，她在夢中忽然驚醒，看見媽媽在房間一盞黃黃的小燈旁，輕輕地哭泣，她走向前：「媽媽，妳怎麼了？為什麼要哭？誰欺負妳了？爸爸呢？」

她永遠忘不了媽媽那時的表情，泛著淚光的微笑：「沒什麼！爸爸可能要去很遠的地方，大概兩三年才回來。沒事！沒事！總會有辦法可以想的！」於是她在母親的擁抱中，感受著彼此的心跳。她最喜歡媽媽的心跳聲了，如此的平靜、沈穩，可以伴她進入最無憂的夢境。

可是當晨光照耀後，才是新的噩夢開始！家門前擠滿了要債的人，一個個跟媽媽說完話後，便搖搖頭走了。不再有玩具和零用錢了！也不再有許多叔叔伯伯來家裡拜年，更不再有爸爸跟他們一起拍全家福。她心裡明白，爸爸去很遠的地方的這段時間，媽媽將是他們唯一且最大的依靠。

以後每過一個禮拜，媽媽會帶著她與兩個哥哥一起坐火車去看爸爸。坐著火車，列車行駛在軌道時那匡啷、匡啷……的聲響，帶著一種特別的節奏，似乎在問：「去哪？去哪？」

她看著車窗外飛逝的景色，玻璃窗映照著母親溫柔且堅定的臉孔，她知道不管去哪，這張臉孔、這副表情，她將永遠放在心上。

每次下了火車再轉一趟三輪車，就會到爸爸住的地方，那是在一堵圍著鐵絲的高牆後面，門口會有一些阿兵哥拿槍站著。她感到害怕，但她著實好奇，為什麼爸爸要住在這兒？為什麼好不容易見到爸爸了，又只能隔著透明的板子拿話筒說話，又只能相處短短的十幾分鐘？

※

成秀送完女兒回到了家中。

她滿足於現在的平靜生活，但是當她看到擺在櫃子上的許多獎項，也不禁會想起之前在台灣，帶領微軟公司團隊時的風光與被肯定。事實上她心中有無限感恩，她知道自己的成功，來自於許多人的支持，就好像一棵樹的成長，需要仰賴太多太多，土壤的養分、雨水的滋潤、陽光的溫暖、寒風的試煉，每一步都是恩典呵……而這當中，她最感謝最記掛的就是她的母親。

好懷念呀！小時候雖然家裡窮，但是每天早上，母親總會為一家人準備極為豐富的早餐。一根雞腿，兩個蛋，這稱為一百分早餐！果然因為成秀每天有充足的營養，自然每逢考試都是考一百分！現在遠在美國的她，有時多麼想再嘗嘗母親親手做的家常菜！

她又記得每逢下雨時，家裡總會淹水，那時母親總會準備一盆清水放在門口，為成秀洗去被污水浸染的雙腳。又記得自己年輕時想幫母親洗碗，但卻笨拙的被破損碗口劃傷了手，母親趕緊替自己包紮的情景。

這所有的記憶與情感流露，都像烙印般在心底深深鐫刻，豈是現在的優渥日子能體會與感受的呀?!有時候，越是在逆境中感受生活，越能展現出愛的無悔與真實。

一通電話打斷了成秀的思緒。電話那頭傳來的又是凸顯生命無法被確定、被掌控的消息：「成秀……媽媽出車禍了！現在情況危急……」台灣那端的大嫂在電話裡頭哽咽。

這時的成秀慌了，迫不及待趕回台灣。

她腦海閃過了許多畫面，像閃光燈的閃擊、像慢動作的柔焦、像一頁頁的書卷：母親回頭的笑容、母親一個人在房間的淚水、那段父親牽著她的手走過的上學之路、親友討債的朦朧場景、小時候的玩具、全家人最後的全家福合照……這一切，失序且強烈地、如一首不諧和的樂曲在腦海作響。她只能緊握起手，壓抑著急切破體而出的心跳，禱告那位從多年以前就帶領著她的上帝。可是，說什麼呢？這位上帝如此的難以掌控，如果她真是生命的主宰，那麼讓母親遇到這可怕意外，讓她從過去就充滿失落與困苦的，不正也是這位上帝嗎？

太不公平了！成秀心中吶喊著。

但，在無助中，在困惑裡，在面臨「人終就是有限」的認知中，最後她只能放下一切，重複喃喃地唸著：「神啊！救救我媽媽！神啊！救救我媽媽……」

有一種痛，多年前便一直似幽魂般地跟著她。她忘不了這失怙的痛楚，原本在身

邊擁有的，卻失落了……

小時候的她，有一天放學回家，進了家門，所有人都在哭泣。哭甚麼呢？她只看見桌上的報紙中寫著，某反共愛國義士，以生命死諫，抗議福特訪匪。那斗大的標題赫然出現了自己父親的名字。

父親在中華路自殺了……

抗議福特訪匪？那跟我們有什麼關係呀?!為了這理由，爸爸就要丟下媽媽、哥哥，丟下我？為什麼？他不愛我們嗎？他好不容易才出獄啊！千百句的疑問、千百句的不解，轉化為更深層的複雜情緒。被撇棄、被欺騙、沒有愛了！這一切融合成一種恨意，如附骨之蛆，將永遠在心底刺痛她。從今以後，不再有父親高大的背影，不再有那雙牽自己上學的大手，不再有，只要跟父親有關的一切，都將不再有……這就是人生的無常與失落嗎？一個你習慣與最熟悉不過的人，從此卻只能在夢中相會，且將隨著時間而漸漸在回憶中淡然消褪。年紀小小的她，看著鏡子……

「我將來一定要成功，要保護媽媽。」

院子裡，石板縫中有一株小草，在陽光下隨微風輕蕩。

※

隻身在台照顧媽媽的這段期間，成秀陷入了兩難的局面，她多麼想長期陪在媽媽身邊，與媽媽一同承擔痛苦。但是，她的女兒與先生怎麼辦？她實在不想與家庭分開，讓女兒需要母親時找不著她。無論她在商場上再怎麼俐落、理智，在現在這種情形下，她只能倚靠那生命的主宰。

沒有人能夠真正面面俱到的！人畢竟有限呵！成秀跪下祈禱，她需要一點聲音，作為照亮她如今茫然的一道光明，她知道這位上帝從未讓她失望過。

一天，當成秀翻開了《荒漠甘泉》，看到其中一段出自《聖經．創世記》三十二章第九節的經文，令成秀震撼：「雅各說：耶和華我祖，亞伯拉罕的神，我父親以撒的神啊，你曾對我說：『回你本地本族去，我要厚待你。』」

這令成秀下定決心要回到生於斯長於斯的台灣：她母親的身旁。現在只剩最後一個問題了，她的丈夫能否支持她長時間在外呢？結果，成秀的夫婿包括公婆，都一致鼓勵她回台，丈夫更是決定要帶著女兒一起到台灣陪伴成秀照顧母親。如此的支持，

令成秀紅了眼眶。越是在逆境中和困難中，益發突顯這份支持的愛之可貴，而她將要帶家人與自己的愛，回到台灣與母親共用。

「總會有辦法可想的！」媽媽抱著小時候的她，輕撫她的背。自從父親過世後，她清楚的感覺到這個家跟以前不一樣了。大哥變得沉默，二哥則是一天到晚往外跑，而媽媽每天都好早好早就出門，好晚好晚才拖著疲憊的身子回來，一回來便到廚房裡去預備飯菜，所以不管日子多麼辛苦，飯桌上總是擺滿了食物，擺滿了媽媽的笑容。

接著，媽媽會帶著所有的髒衣服到河邊去洗，她最喜歡跟著媽媽，在那星子微弱的光點下，聆聽水流，聆聽夜風在樹梢間沙沙吟唱，聆聽蛙鳴伴和著媽媽搓洗衣物的平穩聲響。那一刻的平靜，成為另一種巨大的聲響在心中震盪，使她沈浸在這樣的聲響中，忘卻一切憂煩。

「總是有辦法可以想的！」家中的經濟一直都相當拮据，她總會幫媽媽到巷口郭老闆那兒賒帳。但每到路口，看著雜貨店昏黃的燈光，她總會停下腳步數算著許多的小蛾在燈下亂竄。猶豫與時時仰仗他人的羞愧感在心中作響：難道妳不知道妳不受歡迎嗎？沒有人會喜歡寄生蟲的！

年紀小小的她，看盡世間許多冷暖，使她有更多的敏銳與早熟。她硬著頭皮往店鋪走去。果然雜貨店老闆遠遠的看到了她，便歎了口大氣，迎接著這位永遠不會帶來等價報償的小小顧客。

「叔叔，我要一瓶醬油……」她揉合著天真與老成地強自提起了笑容。

老闆無奈地拿了醬油給她：「記得提醒媽媽要來付錢喔！」

可是，這筆帳款只會不斷地增加。

那年，她小學五年級。郭老闆已然吃不消她們這麼常來賒帳，可是每當郭老闆看見她時，又不忍心拒絕。終於老闆想了個辦法，他見她機靈，在校功課成績又好，便提議：

「妹妹！想不想幫媽媽賺錢呢？這樣好了，你來教我女兒功課，陪她一起讀書，你媽媽就不用付這些錢了！」

她聽到這話，如同聽到了一段天籟，頓時呆立現場，只一個勁兒的死命點頭。

就這樣，她得到了人生第一份工作，成為有史以來年齡最小的家教！她感到好驕傲！因為她可以幫媽媽負擔家計，彷彿她也可以成為別人的力量。

當人有了需要保護的目標時，總會變得堅強！她發現自己能為媽媽做的事還有很多：當媽媽辛苦替別人洗碗時，她可以挽起袖子一起洗；當媽媽外出工作時，她要更

認真的唸書，因為唸好書將來就有希望。

在學業成績方面，她總是名列前茅。但幾年後，問題來了，國中畢業的她面臨升學的問題，以她的成績可以唸北一女，但是那筆學費哪裡來啊？在她因此而感到不甘心時，她的導師——張麗華女士，在一次家庭訪問中，大力說服她的母親讓她進北一女，因為這位導師知道，也深信她的前途充滿了光芒，將可衝破現今的黑暗。訪問結束後，導師臨走時留下了一個信封，那是她第一個學期的學費，她與媽媽欣喜並感動地將信封放在胸口。

「嚴冬方知人心暖」，一路走來，艱辛的日子中，她更能體會人與人之間真誠交流的可貴，亦更珍惜別人所伸出的援手。

※

回到台灣，成秀看著變成植物人的母親不言不語地靜靜躺在病床上時，她的心都碎了！哭泣過後，她知道她要勇敢！像過去面對所有挑戰一樣勇敢。

總會有辦法可以想的，不是嗎？成秀開始每一天都在母親耳邊輕輕呼喚：

「媽！快快醒來……我想念您為我們做的飯！」

「媽！記得我們全家人一起出去玩的日子嗎？等您醒來我們再一起出去！」

「媽！我會一直在妳身旁的，加油！」

一聲聲的思念，化為希望的呼喚。她親自伺候、料理母親的一切。每天例行的翻身、按摩、清理排泄，每晚一起禱告，訴說過往的記憶。雖然母親依舊沉默著，靜的像一座美麗的石像，可是成秀從未間斷與放棄，她心中深深相信媽媽聽得見她的呼喚。她期待她的呼喚將在母親沈睡的幽暗中劃開一道光明，引領母親由蛹中重生。

成秀開始嘗試更多不同的方式來表達自己對母親的愛。她反對用鼻胃管讓母親進食，雖然鼻胃管可以避免嗆著，但以口進食卻能讓母親感受到活生生的「吃」，所以成秀都是小心翼翼、慢慢而小小口地親自用嘴巴給母親餵食。她相信母親需要的不只是所謂的「醫療」，她更需要的是感受！感受生命，感受兒女對他的支持與呼喚。

植物人就好像個閉鎖的靈魂一般，那麼我們真正要做到的是設法喚醒這個靈魂，敲開那扇心靈與肉體間關閉的大門！所以成秀要用各樣的感官與回憶，試著連結母親體內那道與心靈斷了聯繫的線，就好像在說：「歸來吧！歸來吧！生命何其美好！」

成秀為了母親的問題，每天在網路上搜尋所有的最新醫療資訊。嘗試使用國內未

曾使用的氣切管，只為了能讓母親有說話的可能。她知道真正有希望的人，就是永不放棄任何的希望！為此她一再地與醫生溝通，有時還產生了些許衝突。

「張小姐，這畢竟以前沒有人如此做過，妳要考慮其中的風險。」

但是，成秀也收到這樣的鼓勵：「張小姐，我支持妳如此做，我也相信，妳對母親的愛有助於她的恢復！」

成秀從不放棄，因為過往經驗教會她一件事，「生命」就像夾縫中的小草一般，會為自己尋找出口！「生命」總在人不注意的地方及時刻，強韌的成長，帶給我們新的驚奇。生命的本身，就是一種奇蹟！

經過一路走來的堅毅與努力，成秀台大外文系畢業了，開始找工作。她對未來躊躇滿志，想要快快貼補家用，減輕媽媽的負擔，也想證明自己的能力及價值。進入公司後短短一年，她便躍升主管，且在行銷方面為公司帶來亮眼的成績。

有一次她的主管問她：

「妳做任何事都很優秀，妳為了什麼如此努力向前衝？」

這時，她不禁想到了媽媽每天辛勤工作的背影，想到了第一次當家教時的喜悅，想到了日子雖然清苦卻總是滿滿的飯桌，想到了高中時接觸信仰，為她人生帶來動力與解答的美麗……

當她看著鏡子，她也看到了父親的臉與自己重疊，她體內流著父親的血，承繼了父親的智慧及性格。縱然父親的回憶在她心底是多麼沉痛，常令她在午夜夢回時驚

醒，在任何時刻承受突如其來的心痛。「為什麼如此努力向前衝？」那一刻，女孩微笑了。

※

超過三年半的時間，成秀總是在病床旁，從不抱怨，而且她與大哥大嫂的感情更好了！一家人在病床旁得到更緊密的情感聯繫。他們會一起禱告，一起唱詩歌，那歌聲常常傳到鄰近病房的病人耳中，安慰著每一個人的心。三年半來，母親依舊不言不語，但成秀卻能感受一家人那份實在的愛。

有一天，大家一起聊到了父親。大哥說，父親過世的那一天，曾要大哥隨他一起坐公車，但是大哥拒絕了！想起父親外遇，想起上門討債的人不曾斷過、讓他懼怕與不堪的日子……就為了他對父親的不諒解與彆扭，而忽略了父親對他最後的深深眷戀。大哥相當的後悔，而那班再也不會回頭的公車，也帶著他的悔恨與父親說不出口的解釋，一同成為他心中永難忘懷的畫面。

父親說不出口的解釋是甚麼呢？母親曾告訴她，父親早因為長期積勞成疾而久病難癒，之所以當初選擇那條路，是為了這個家！當個愛國志士的遺族比當個老病纏身的後人要來的受人敬重，還可能得到政府的照顧吧！諸多的線索、斷片拼湊出了父親回頭對他們笑著的臉。

很久以前成秀無法理解這些。當她與家人們回顧所有往事，她明白了，完全明白！其實父親一直都愛著他們，也一直在為這個家打算，並以全生命回報他對家人的虧欠。過去那一直深埋在心中的塵封回憶，被父親拋棄的、被命運玩弄的強烈感受，已在如今得到釋放。

其實她的生命之路是充滿恩情的，是一條被慈愛牽引的恩典之途，有無數人的生命與她交會，並且關心著她。

這是什麼樣的劇本！故事如此龐大，故事構成了故事，而她相信上帝就是那最偉大的編劇與導演，她只要放心的扮演好自己的角色，那麼，就沒什麼事物能限制她生命的可能性。

成秀的母親一天比一天進步。似乎她感受到了眾人的呼喚與成秀沒日沒夜的細心陪伴，也感受到女兒一口口親自的餵飯、家人一句句敬虔的祈禱、一首首喜悅悠揚的詩歌、一滴滴盼望與憂傷的淚水、一聲聲對母親不間斷的呼喚……

終於，有一天，成秀的母親開口說話了！這位偉大且對兒女無怨無悔付出的母親，開口第一句，便是喊著自己兒子的名字！

當生命又一次奇蹟降臨，成秀看著遠方和身旁的家人，她永遠都期待著這故事還

會帶給她什麼樣的驚喜和美麗。

這是一則愛的故事，充滿了母親付出的愛，父親不外顯卻深刻的愛，丈夫、兄長支持的愛，及無數人在難關當中伸出友誼之手的愛。在這愛的故事中，也造就了張成秀在事業上的成功。因著這些經歷，使她重視人們的需求；也因著這需求，使她在各樣行銷策略上交出亮眼的成績單。

例如在多年前，有一則孩童被悶死在娃娃車內的不幸新聞。成秀因這新聞曾難過了好幾天，同樣為人父母的她，能對這感同身受。過往的經歷造就她有一顆溫柔又堅強的心，接著她想，若這事件中的孩童當時手上有手機的話，是否就能扭轉這不幸呢？因此，她在某知名通訊業時，便以此為目標，成功將預付卡打入家庭市場。

她照顧母親三年半的時間中，由於她需要更多相

主講人：
張成秀

從女工到Google
張成秀 著
台港業務總經理
媽媽教我的生命智慧
在逆境中發光
張成秀演講會

關醫療資訊，她瞭解網路的便利性及重要性，便在擔任google台港總經理時，更重視其實用性及人性機制。

對張成秀來說，她得了祕訣，無論環境如何，她都能充滿力量的面對，並將這祕訣化為愛的馨香之氣，與所有人分享，如同當初幫助她的基督徒導師——張麗華曾說：

「現在，我幫助在妳身上！將來，妳會幫助在更多人身上！」

的確，她的故事，她的經歷，她的祕訣都將成為你我的幫助，你我的祝福。

光照雅音

郭小莊

真情小語

在藝術上，她是那麼的非凡，連日常生活中，她滿腦子都是戲曲，想的都是要如何讓更多人喜愛京劇。

郭小莊，一位開啟京劇新紀元的人物，一位將傳統藝術發揚光大的國寶級人物。原本她以為，信仰只是一種心靈寄託。後來她如何體驗到，信仰不只是放在心中的一點安慰、一些崇拜與景仰，而是一種真實的體驗，一種更偉大的生命藝術？

說起郭小莊與京劇結緣，其實是深受父親熱愛傳統戲劇所影響。

小莊的父親從小迷戲，對京劇更是情有獨鍾，當時「四大名旦」、「南麒北馬」的演出，他都一看再看，無論劇藝、軼聞都如數家珍。有趣的是，他一句都不會唱，卻興致勃勃的到照相館，穿上戲服、扮起戲粧，拍劇照過乾癮。

小莊的奶奶就曾經不解的說：怎麼會有人迷戲迷成這樣？而父親給她的理由是，這是「藝術」，藝術就該被千千萬萬人崇拜、被人著迷。小莊的母親深深了解父親的這種心情，所以即便在戰爭逃難時，明明拖兒帶女的一團慌亂，母親還是小心翼翼的把父親珍藏的劇照一路帶在身邊，並且帶來台灣。

來到台灣以後，一次復興劇校的招考，父親動了想送大姊去學戲的念頭，但當時心中還有些猶豫。直到看到空軍總司令徐煥升將軍都把女兒送到了復興劇校，父親才吃了定心丸，既然「藝術」的地位已經被當時的社會接受，便和母親商量，決定送小莊進空軍大鵬劇校。

那時小莊才七歲半，父親問她：「女兒，爸爸很喜歡京劇，現在大鵬劇校在招生，送妳去學戲，好不好？」

小莊毫不考慮的說：「好啊！」

但「小大鵬」規定九歲才能報名，父親想闖關試試看，於是假裝忘了帶身分證

件，沒想到竟然矇哄過關了，小莊便以最小的年齡進入了大鵬劇校。

就這樣，小莊展開了她的戲劇人生。但那時候的她並不知道，「京劇」這兩個字日後將一直在她的身旁，成為她的夢想，她的意義，她的生命。

在劇校生活的孩子們，單純如同白紙一般，又擁有紙的特性，柔韌且易於書寫改造。每一位劇校的老師就像編寫者一樣，為孩子們的人生寫下最重要的一頁；又像紙藝家，摺疊、拉扯、裁切，擴張著白紙的可能性與創作性。

小小年紀的她，對於京劇這條路究竟有多艱辛，當然是懵懂未知。不過父親送小莊進大鵬，就一路一直陪著她。因為小大鵬時期需要住校，不見得每個週末都能回家，父親就經常利用中午時間來看小莊。

有趣的是，父親每次來，都看到小莊在睡覺，有一次他很著急的對小莊說：

「怎麼中午還睡覺啊？」

「午休不就是要我們休息嗎？你看，同學都在睡。」小莊直率的回答。

果真，放眼望去每個人都累翻了。因為那時在劇校，天不亮就要起床練早功，除了翻跟斗、靠牆練習倒立等所謂的基本功，還要練毯子功、把（靶）子功等等。練到中午，三口兩口吃完飯，大家就紛紛趴在桌上去夢周公了。

父親這時候卻告訴小莊：「就是要趁別人不練功的時候『練私功』，台上的功夫才能超越別人。」

小莊迅速找了個藉口：

「可是，刀槍把子中午都被老師鎖起來了，我沒的練啊！」

隔了幾天，父親又來了，這一次送來了小莊的私房刀槍把子：

「有了自己的馬鞭刀槍，中午可以練私功了！」

小莊愣了一下，一時不知該說什麼，她原本只是找個偷懶的藉口，父親竟認真的請人幫小莊定做了把子，這下子怎能再偷懶？於是那天起，小莊就不再有午休了。

原本她只知道，學戲可以帶漂亮的珠花，對愛美的女孩兒來說，也是一種吸引力。進到劇校之後，才知道學戲那麼苦。她常常一邊練一邊眼睛望向校門，希望父親快點出現，看她是這麼聽話的在勤練私功。只是人算不如天算，有兩天父親沒來，她心中才嘀咕著：「這不是白練了嗎？」於是恢復那已經放棄了好一陣子的午休。誰知道，她才睡著，父親就來了，諄諄告誡小莊：

「練功不是練給我看啊！功夫都在自己身上！」這句話，小莊受用一生！

小大鵬終於畢業，可以搬回家了，但父親還是督促小莊絕對不能放鬆，一定要抓緊時間吊嗓子，他對小莊耳提面命：「妳的做工身段還可以，但嗓子要加強，就非要每天吊嗓不可。」父親甚至為此花了一筆錢來改裝客廳，在四面牆上裝上鏡子，從此家庭變排練場，兄弟姊妹都不能再帶同學來家裡玩，以免打擾小莊吊嗓練功。親戚朋友偶爾也會問弟妹：「你們會不會覺得父母偏心？」他們都理解的說：「不會啊，我們知道姊姊很辛苦。」

隨著時間過去，小莊出落成一位亭亭玉立的少女。單純的學校生活，規律的飲食、作息和每天的運動，把她培育的如一朵清新的蘭花一般脫俗，全身上下洋溢著健康氣息。

這一年，她十六歲。粉墨登場，初試啼聲的時機到了！戲目是《棋盤山竇仙童》，小莊扮成竇仙童，長相甜美，和薛丁山演對手戲。這是一齣喜劇，她在喜樂開心中演出。

舞台下擠滿了熱愛京劇的老票友，當他們看著小莊有板有眼的唱腔、身段，不約而同的，心中都有同一個驚嘆：「郭小莊是誰啊？這小女孩不簡單！」

近十年的學習，讓小莊打下了扎實的的京劇底子。學戲的過程當中，有多少的同學在中途就放棄了，而她不但沒有放棄，更以她的努力，成為同期畢業生中頂尖拔萃的一員。

小莊的父母親坐在觀眾席，看見熱絡的場面，不禁在台下紅了眼眶。

從此，只要是打著郭小莊的名號，那場表演必定客滿轟動。

因為有著深厚的京劇根基，加上外型、身段與台風，皆耀眼出色，小莊十幾歲就有機會從京劇跨足到了電視電影，她演過電視劇《彩鳳曲》、《一代紅顏董小宛》、《萬古流芳》等，拍丁善璽

導演的《秋瑾》，還得到「武俠皇后」獎項，得獎理由除了武功好之外，還有一個特別的原因，因為她「一身正氣」。

父親雖然陪著小莊到香港領獎，一同享受這榮耀的時刻，但並不希望她長期拍電影電視，他說：「從小練唱唸做打，吃了多少苦頭，應該要發揮在京劇舞台上。」這話小莊聽進去了。

武俠皇后只是少女時代偶爾飄出天際的一片彩雲，小莊很快地確定了自己接下來的人生方向。

父親總為小莊做人生的導航，而戲劇大師俞大綱先生，則是引領小莊的戲劇之路更上層樓的重要關鍵。

還在小大鵬的時候，因為嚮往一般的學生生活，小莊就特地跑到當時的淡江文理學院（現在的淡江大學）旁聽俞大綱老師的課，俞老師發現大鵬的郭小莊來聽課，非常高興，主動問小莊聽得懂聽不懂，還叫小莊到他家上課。

一到俞老師家，看到滿屋子的書，小莊突然感覺到，這是她新生活的開始，她彷佛具體觸摸到「文化」，進入了一個新的世界。

然而，俞老師的第一句問話就讓小莊大受震撼：「戲劇中這麼多人物，如何掌握劇中人物性格、如何區別各人的個性？」結果她瞠目結舌答不上話來，這才發覺，劇校學生從來沒有思索過這個層面的問題。大家都是每天忙著練功吊嗓，忙著模仿老師的身段，至於人物性格、情緒抒發，連想都沒想過。她只知道生氣的時候抖翎子，開心的時候耍手帕，只知道外部的肢體動作，從沒想過內心該如何融入戲劇中的角色。

俞老師這一問，小莊真的呆住了；而也就是這一問，小莊開竅了。俞老師問出了劇校教育的癥結所在，從此，小莊對傳統戲劇的關注，就由外轉向內，從肢體進入了人物內心。

除了每週三晚上的上課，俞老師夫婦還在假日帶小莊去「戶外教學」，有時候到公園或郊外一邊散步一邊讀詩詞；到不同的餐廳吃飯，也教她飲食禮儀規矩，告訴她每家餐廳擺設裝潢的特色，教她品嚐各地佳餚的不同風味；更要她分析每道食物的個性，因為「萬物都有性情」，作演員要隨時體會、品味，才能夠培養出敏銳度，而所謂的「氣質」也是這樣養成的。

俞老師教小莊讀唐詩時，會細細講解詩裡的人間情意，要她想出一齣戲裡的某一段情節和詩意相比較；要她用京劇裏的京白、韻白唸誦，體會語言節奏和詞情的配合。

俞老師告訴她，演員內在要豐厚，但生活要單純，不要太多活動甚至不要太多話，生活保持純淨，上台才能綻放內在。「台上一分鐘，台下十年功。『功』不只是唱念做打，更是生活的態度。」

俞老師也鼓勵小莊進修讀大學，當時，小莊還創下了先例，成為第一位因為在戲劇上有傑出表現，而保送進入文化大學就讀的戲劇演員。

小莊就曾經說過：「俞老師關心我的學習狀況，經常和父親討論我的生涯規劃，兩位老人家通電話可以一談談七個小時。這是我生命中最重要的兩位男性，俞老師開啟我藝術性靈，而影響我整個人生的，是父親。」

進入文化大學就讀的四年學生生涯，對小莊一生影響甚劇，不僅開拓了她的全新視野，也讓她瞭解到戲劇藝術的世界是何其廣闊且深遠。為了完成學業，她不惜辭去劇團工作和其他演出邀約，做一個專職學生。雖然小莊的特殊是顯而易見的，但是她並沒有因此和其他同學格格不入，反而因為從小在京劇圈子裡長大，幾乎沒有接觸過外在社會，大學同窗同學理所當然的成為小莊和社會接觸的第一道窗口。從他們身

上，小莊開始認識現代人的生活，瞭解現代人的品味，她才驚覺，傳統戲曲之所以得不到年輕觀眾的喜愛，就是因為和現代嚴重脫節。

這時，她才深切體會到俞大綱老師加諸在她身上的重責大任是什麼，也觸發她興起創新傳統戲曲的念頭。

大學期間的另一項收穫，是因為喜愛畫畫，小莊認識了國畫大師張大千，於是去大師那兒學畫。張大千先生從基本的素描教起，到山水畫的運筆、佈局、點法、波墨法的習作，這讓小莊進入了中華文化的精神文明當中，更加深了小莊的藝術眼界與美學涵養。

大學的生活可說讓她滿載而歸。就

此，她知道自己在許多方面已然完備了。

大學快畢業的時候，小莊就決定自組劇團，除了回應她敬愛的俞老師的期許，更開始透過自己結合傳統與現代的思維，希望為京劇開創展新的風貌。於是，「雅音小集」成立了。這在當時的環境是一項全新的突破！

時代在變化，傳統戲劇被各種文化的洪流所擠壓，不得不開始蛻變。她積極的嘗試將戲曲劇場化，其中包括了劇本編寫、聲光音響的提升，並結合現代劇場的經營模式。而雅音小集的成立，正是這蛻變的具體呈現，使年輕一輩不再視戲曲為過時的老古板，而有機會接觸這項國粹；老一輩的則能在過去熟悉卻漸漸凋零的美好事物上，看到傳承與希望。

她要讓人人都能認識京劇，體會京劇之美，瞭解這偉大的國粹不只被侷限為地方性的、傳統性的藝術；她要世界都能知道，這祖宗傳下來的藝術是何等博大精深。

當雅音以「傳統的現代化」為標幟振臂一呼時，「古老」與「前衛」似乎成了一體的兩面，很自然地激起了年輕人探根尋源的熱情。

當時年輕人穿著印有「雅音」字樣的 T-Shirt 走在路上時，展現的是最古雅也最新潮的風采，他們不再只是一窩「瘋」的跟著西方文化的腳步走，而是三五成群、說說笑笑的走入劇場，走入傳統，走入郭小莊與雅音小集為他們帶來的老調新彈中，並為此感動不已。觀賞雅音、品評京劇，成了當時青年最能提昇氣質的時髦活動。

雅音小集成了國家劇院的常客，只要是這團隊的演出，必定場場爆滿。

在觀念的轉變開拓上，雅音對台灣戲劇界的影響是非常明顯的。郭小莊可說是在她的藝術殿堂中，刻下了自己的雋永！

雅音小集的《歸越情》、《紅綾恨》、《王魁負桂英》、《紅娘》等，部部膾炙人口的經典戲曲，有憂傷，有喜樂。其中最為人津津樂道的便是《歸越情》這齣戲。

原本的傳說中，越國的西施以「美人計」達成誘惑吳王的任務後，便與范蠡從此歸隱山林，不問世事。這樣的故事後來改編為：西施不幸懷了吳王夫差的孩子，所以內心相當矛盾，不知是否該為國事害死自己腹中孩子的爹？又不想辜負范蠡對她的一番情意！西施在國仇家恨、愛情親情之間掙扎不已，由清純浣紗女走入吳宮再回到越國，像是回到了起點，其實已然走到終點……此刻已不宜有什麼身段，若是還舞弄長水袖，就太技藝外化了，於是小莊在這裡用最深沉的音樂和表情，傳達了最沈重的悲劇意蘊。

《歸越情》在國家劇院連滿多場，多情的郭小莊每天都為西施的悲劇命運哭倒台上，演完後，許久無法從戲裡走出來。正因為如此強烈的情緒，一切出自於真情實意，使她在演出時，也能將深切的感染力傳達給觀眾。

這個主題對郭小莊而言是一大突破。她一再表示，她的戲劇觀是只願塑造正面人物，以期對社會產生積極的教育作用，但她被「西施歸越」的議題征服了，雅音小集的性格因此轉變。這齣戲顛覆了傳統戲曲一向強調的「教忠教孝」意義，使得雅音真正從外到內，達到創新改革、現代化的目標。

在藝術上，她是那麼的非凡，連日常生活中，她滿腦子的都是戲曲，都是要如何經營雅音小集，要如何讓更多人喜愛京劇。在管理雅音方面，她的要求是出名的嚴格，只要一個演員未到位或未到「味」，便會無休止的重來一個場景，直到達到她的要求為止。

小莊的自我鞭策，也體現在她個人身上。原本是易胖體質的她，嚴格的控制飲食，每天固定的運動，只食用生菜、開水，杜絕多餘的澱粉，使其體型永遠保持最纖細的狀態，以免在舞台上體態不夠完美。

她全心全意鋪排舞台上的細節，以致於無暇關心日常生活的一切，所幸這些都有母親為她打點，平常幫小莊準備青菜，演出前則每天烤牛排為小莊補充一天的體力。為了保養她的喉嚨，母親還為她燉煮燕窩，經年累月摘燕窩的細毛，摘到母親都得了肌腱炎，治療了許久才痊癒。

母親是那種默默付出的典型傳統婦女，父親說什麼她就照著做，順服而堅毅，身體再不舒服都會撐著做完。

小莊受母親影響很深，她知道，「很多事不必多說，去做就是了。」任何艱難困苦都不會造成阻礙，她只付諸行動。

但是這種全心的投入，有時候也會在無形中給人一種不近人情的感覺。例如在雅音成立之初，小莊為了揣摩《白蛇與許仙》中白蛇懷孕後的心情與神態，還去當時即將臨盆的編劇好友那兒，學習她走路的姿態、說話的樣子。幾天以後，她去探望編劇好友，好友已經陣痛了，小莊還在大談這齣戲該如何呈現等等話題，完全沒注意到好友已經痛得無法忍受。

其實每個認識她的人，都能體諒她的執著，為藝術而燃燒的生命態度；可是不熟

悉她的人，便無法瞭解她這樣的固執！

從幼年時接觸京劇，大學時追求著京劇，現今，她正實現著京劇。京劇這門藝術便是她生命的一切，致使她無暇去明白、感受、學習如何處理複雜的人際關係；這是她可貴的單純，也是她可惜的單薄，因為生命不是只有京劇！這樣的性格也為她帶來了些許麻煩。

在台灣早年的戒嚴時期，知識份子或藝術家的言論仍然不是相當自由的。那時小莊的戲劇《感天動地竇娥冤》，就差一點遭到封殺。《感天動地竇娥冤》是一部形容司法不公的冤獄故事，而這故事在當時的政治氛圍下，是非常敏感的，因此被當局判為暗諷時政而禁演，小莊為此極力的爭取與抗議：藝術歸藝術啊！

最後還是由她親愛的世伯張大千先生親自遊說，並以修改原劇本結局為條件，才得以演出。在某一方面來說，這是一種勝利，是藝術爭取到自己本位的勝利；但是也是一種隱憂，如果再不諳事故，不擅圓融，會使這條路走來備加辛苦。

這齣戲還有後話。經過四年後，雅音再次申請演出此劇時，因為雅音的地位更穩固了，演出不再受阻，完整悲劇原版方才登場。就如竇娥以自己的鮮血來印證天地仍有公理，小莊和雅音也以「危機就是轉機，阻撓滋生力量」的堅毅，正面迎向打擊，並得以昭雪前次的冤屈。她說：

「只要站上台，我就是勝利。我不會被擊倒！」

「我演戲的目的不只在藝術本身！」

這時的郭小莊何止嫁給京劇，她的人生理想、社會抱負與人格實現，已然全都寄託於此。

父親帶她走上藝術家的道路，她圓了父親的京劇夢，彌補他迷戲卻不會唱戲的遺憾，更落實了「唱戲是藝術」的觀念。同時，她也以汗水築成藝術實踐的美夢。

她為了實現藝術理想，走上一條孤獨的道路，沒有童年，沒有少女的夢，除了排練，一無所有。但她從不後悔，因為在不斷追尋的過程中，她贏得了尊重和肯定，她可以將這一番人生體驗，回饋社會。走了十六個年頭的雅音，始終站在文化潮流的開端，把文化做成時尚，這貢獻是何等的大啊！

雖然小莊為雅音小集付出全部時間精力，比較沒時間陪父母做父母想做的事，但戲裡的親情，幾乎是小莊自己情感的投射。像《再生緣》這樣的喜劇，她央請編劇增加孟麗君對父親的思念情感；《孔雀膽》從討論劇本開始她便隨時處在「動容」的狀態，隨時想著女主角夾在父親和丈夫之間該如何安頓情感。

《再生緣》裡孟麗君這個角色，她希望表現女性的智慧勇氣以及細膩情感，表現女性獨立的社會地位。這樣的女性，就彷彿母親融合了小莊，小莊再經過淬練、成長後，樹立成一個有才華、有能力，同時又柔情似水的女性新形象。

而在描寫女性被壓抑的情感欲望的《問天》中，小莊感受最深刻的卻是母愛，是劇中的母子親情打動了她。跳脫了才子佳人、英雄美人的情感與忠義思維後，小莊要發掘的是「世間至情至性的真實人生」，與自己的人生相互印證。

在現實生活中，就是有母親堅毅而溫柔的一直作為她的後盾，使她更得以發揮與創造。她面對父親、面對朋友、面對自己，大多都只有京劇藝術！只有面對自己的母親時，她才能像個一般的女孩一樣，談談自己，聊聊生活，緩緩那忙亂的腳步，訴訴在心中千迴百轉的情感。

誰知母親竟然先走了……

小莊的母親走得很突然，不但一點徵兆都沒有，也沒有留下一句話，下午送進醫院，短短數個鐘頭，晚上就過世了！

一種從來沒有過的失落與憂傷，變成了一張巨大的網，牢牢的綁縛了小莊的心思，甚至蠻橫的吞噬了小莊的靈魂。接下來的日子，小莊終日以淚洗面，甚至雙手都僵直發麻。這段日子沒有藝術，也沒有喜悅，只留下一段不值得記憶的空白。

這長達一年走不出的傷痛，讓小莊突然明白，生命是如此的脆弱，而自己是多麼的軟弱，我們必須去接受，有些事，不是努力就可以如願。這樣的憂傷，整整一年。

有時候她會想到母親臨終的場面，在她離去的時候，就好像只是到遠方旅遊一般祥和，像睡著了一般寧靜。然後接著就像風吹過記憶的相簿，一頁頁往前吹翻到過去好幾幕畫面，母親和小莊分享著自己的基督信仰與人生態度，包括離世前的好幾次相處。但是以前小莊看不見也聽不懂，她只覺得納悶，為什麼母親走得如此之安詳，而活著的自己卻身陷如此之痛苦？

好在茫然的日子沒有無限延長，小莊到美國見到了當初為母親施洗的牧師以後，很快的，她便決定要受洗了。受洗後當天晚上，小莊就體會到了那超自然般、無法言喻的平安。

一片綠色廣大的樹林環繞著她，她躺在樹林中間。光——透了進來，斜斜映在樹梢間，照亮了周邊的草地，光由草地向外延伸、擴散，最後親吻在小莊的臉龐上。

這是什麼感覺？是溫暖，是一種呼吸。耳畔溪水的聲音流倘過她，原本久未得到寧靜、幽深孤寂的心靈，終於得到撫平。

接連數天的睡夢中，小莊一直重複看到這些場景。有幾次她很確定自己是清醒的，可是她無法捉摸，無法搞清楚自己到底身在何方，或是看到的一切只是腦中的幻象；不過她只知道，心中的那份憂傷，好似被這景象給治癒了，這份感受如此真實，且不帶給人壓力。

她想起一句話：「從前風聞有祢，如今親眼見到祢！」

小莊見到了！見到了母親依靠的那位，原本對她來說不可捉摸的信仰對象！那幽暗的樹林就像長久以來小莊的心一樣，孤單且封閉，而現在上帝好似提醒她，她需要那光，需要溫暖！而且讓她體會到，上帝把媽媽帶到了一個好得無比的地方，叫她安心。

成為基督徒之後，小莊檢視自己的生命，她深深體會到，自己何其有幸，一直以來走著一條「順服」的路，與父母建立深厚的親情，有京劇藝術陪伴著她的生命，原來自己所擁有的，竟是如此豐富！雖然父母是她一生最大的依靠，但這份依靠終究有畫下句點的時候，如今找到永恆的依靠，走過沮喪徬徨的關口，回顧所有光榮與甜蜜的時刻，《聖經》說的「順服蒙福，孝順是福」，就真實的顯明在她生命當中。

她也才發覺，原來她一直是上帝的孩子，可以感受到被上帝的恩典圍繞。即使人

生挫折不斷，不過她從沒有怨恨，只把挫折當磨練；她懂得感恩惜福，樂觀進取是她不變的人生觀。這樣的心態得自於父母濃濃的愛，也源自上帝的明光普照。

母親的驟然去世，讓她找到信仰，現在的她，和教友討論教義交換心得，變成生活中不可缺少的一部分。

當這位重新賜予她平安的主，在她心中閃耀，她終於發現生命不是自我侷限的，只為了使命或責任而存在的。生命的本身就是一種恩賜！可以享受，可以跟他人一同分享，可以放輕鬆！

「我將我的平安賜給你們，我留下我的平安給你們我所賜的不像世人所賜的；你們心裡不要憂愁，也不要膽怯。」

——〈約翰福音〉第十四章二十七節

小莊自從經歷了上帝的恩典，她對生命有了更大的體悟，不再害怕生命的不定性，不再只為藝術而活，她也可以為生命其他美好的事物而活。

她說，「美好的仗已經打過，戲劇的理想已然實現，現在的我進入另一番境界，走下舞台，走入人群，我的美麗人生正要開始。」一向做事果斷的她，說放下就放下，這些年來，陪著父親各處遊歷，或回河南老家探親，或到美加和姐妹相聚，安靜地、單純地享受著親情。

以前和朋友約會吃飯，為了保持身材，她不吃飯，只拿一杯水來喝，或喝著自備熱水壺裡的雞精或中藥。現在她會吃蛋糕，開始享受其他食物的美味，結果並沒有因此破壞體態，反而更健康開朗。

原本滿腦子、滿口京劇的她，開始關心且與朋友們分享生活的其他美麗。她也會做菜，在生活中尋找不一樣的意義。

情人節來了，她會邀好友一起吃飯，不過是她和上帝談戀愛過情人節，請朋友來作陪。

這都是因為，她不再覺得生命是一種無窮的責任重擔，她的心中擁有了真正的平安，使她無論做任何事，在任何地方，都能夠放心的向前。因為有一位主將為她的生命負責。她掌握了京劇之外的另一種藝術，生命的藝術！

舞台亮起，小莊再次粉墨登場，這齣戲碼是她的生命寫照，詞是《聖經．詩篇》第一百三十九篇：「我行路，我躺臥，你都細察；你也深知我一切所行的……我在母腹中，你已覆庇我……」以最美妙的身段，小莊走向前方那有光的所在，那是最初一直存在的地方，是母親從生命底層分享給她的，真正的平安喜樂。

生命轉彎處

黃晴雯

真情小語

我們常常聽到「塞翁失馬，焉知非福」、「禍福相倚」這些成語。那意味著，每當一件看似不好的事情發生時，背後總可能有些契機或迂迴的道路去突破逆境，迎向更大的榮耀，所以，「危機往往是生命的轉機」。

但是又有多少人能夠在危機的當下，不怨天、不尤人，找出那隱藏其中的希望之路？

「眼光」與「角度」決定你面對每一件事情的態度與深度。有好的眼光，才能不拘泥於當下，能往前看；有好的角度，才能從事件中捕捉到截然不同的訊息和面向！

黃晴雯，就是這樣一位有眼光與角度的傑出女性！二十多年的新聞工作，當過主播、新聞部採訪副主任，成立過大愛電視台、加拿大中文電台的國語新聞部，到現在擔任SOGO百貨董事長，黃晴雯的成功，不是天生造就或理所當然，乃在於她對自己的每一個經歷，都能投以正確的眼光和角度，使她能產生積極力量，能無悔擁抱人生。

「喀喳！」鐵門被打開了，一個小女孩背著厚重的書包回到家中。她把鑰匙收進了口袋，把書包擱在架子上，一個人坐在空蕩蕩的客廳。一抹斜陽由窗外劃入，映照在地板上，橘色陽光反而使家備顯冷清。

她熟練地將電鍋中的食物端出來，坐到飯桌前。吃過了飯，打開電視，只為了讓室內有些聲音陪伴，她開始獨自在書桌上寫著作業。窗外的太陽已悄然沉睡，夜色像灰藍的布幕遮蔽了整個空間。

有些想媽媽。可是她知道媽媽的辛苦，媽媽要上班、要獨自扶養兒女，就算沒時間陪她，她也可以自己照顧自己。只要她能照顧好自己，媽媽就會開心了！

當孩子發現自己是個個體，自己的父母不會一直在身旁時，這便是成長的開始，只不過這成長的時刻對晴雯來說，似乎有點太早了。當別的孩子仍在玩著芭比娃娃、玩機器人，在大街小巷追逐嬉鬧，扮演各種英雄的年紀，她卻寧可待在家中，乖乖的做好家事，寫好功課等待媽媽回來。其實對她來說，再多的遊戲，新鮮玩意兒，或各式各樣這年齡孩子該喜愛的東西，還不如媽媽的笑容和擁抱。

有一段時間晴雯很不喜歡別人提到父親，因為會產生負面情緒，會很痛，她找不出原因去解釋父親怎麼能忍心丟下她們，所以乾脆逃避。對晴雯來說，單親家庭讓小小年紀的她早已學會珍惜。她很小就已經明白孤獨使人恐懼，使人認分，也使人堅忍和勇於承擔責任。因為體驗了孤獨，也讓她產生了許多動力。

晴雯的母親是位基督徒，讓她在年幼時也接觸到這似乎是母親生命原動力的信仰。她經常看到媽媽拖著疲憊的身軀步入家門，在簡單的梳洗之後，一個人坐在角落，向上帝禱告。通常這個時候晴雯是不適宜打擾的，所以她會躲在一旁偷偷的看。媽媽有時會流淚，有時會微笑，但最終留下來的，總是一股新的力量。雖然還小聽不太懂，但是長期下來，她知道媽媽有許多苦楚。透過禱告，媽媽身教了晴雯生命中最重要的一課：在困境中不要埋怨，努

力向前，做好本分。也是一直到晴雯長大後，她才體悟，這些畫面對她的人生，有多麼重要，就像是灑種子，在她心中發芽。那股媽媽透過禱告得著的力量，在她成長的過程中，也一直不間斷的在照顧她。如果說母親是上帝送給她最好的禮物，那麼父親的角色呢，天父用祂自己來替代。

隨著晴雯漸漸長大，她體貼的心，使自己更堅強。

「我沒有悲觀的權利。如果我悲觀的話，媽媽怎麼辦？我要好好唸書，要好好照顧自己，才能成為媽媽的依靠！」

其實在求學歷程中，她的成績一直都相當優異，在家也相當獨立自主，不管日常生活三餐料理、人際關係皆是如此。環境使她提早成長，不僅心靈早熟，生活方式也是老練的，而且她也已經完全習慣了。

晴雯的乖巧努力，讓她高中考進北一女，大學則考入政大，並轉入了當時非常熱門的新聞系。

在大學的校園裡，生活總是多采多姿，甚至是可以恣意揮霍的。但是，晴雯的大學生活，卻經常是匆忙疲累的：她必須張羅自己的生活、家用、學費；手頭緊的時候，曾經一天只有十七元度日。一貫樂觀積極的她，並不為無緣參加校園舞會而遺憾，因為在註冊之前，她就已經決定大學生活要自給自足。她連三份家教的薪水都固定安排好了：一份薪水用來吃飯，一份繳學費，一份呢，則是要存下來給家裏買台聲寶牌電視機！從小她就知道自己想做什麼：當記者就是她的心願。

大一那年，晴雯參加了政大「金旋獎」歌唱比賽，以一首從小哼唱學來的詩歌《Amazing Grace（奇異恩典）》，拿下了西洋歌曲組的冠軍，也賺足了一個學期的學費。評審蘇來立刻提供了她一個灌唱片的機會，對於當時身兼三個家教、半工半讀的晴雯來說，明星的高收入和當記者的理想形成了拉鋸戰，讓她身陷選擇的困境。最後在天人交戰之中，「Listen to your heart」的聲音把幾乎要向現實妥協的她，一把拉回到理想，這也才有若干年後那位大家熟悉的黃晴雯主播。

靠著半工半讀，她終於完成了學業。靠著機智與自信，她在那只有三家電視台激烈競爭的年代，考進中視新聞部，成為當時台灣最年輕的晚間新聞主播，也曾連續兩年入圍電視新聞採訪金鐘獎。

「我是一跤跌進中視的。」晴雯笑著回憶這段奇特的經歷。大學畢業那年，晴雯抱著一試的心情，把履歷表寄到當時正在「公開」招考的中視新聞部。在特權充斥的七〇年代，晴雯順利的通過了一連串的筆試、試鏡，進入了當時人稱是為黨政軍高層子女量身訂做的口試名單。

口試當天，晴雯穿上了生平第一套套裝、第一對夾扣式的耳環、和第一雙高跟鞋。當她在打蠟的地板上，正試著以最端莊的步伐，自信地邁進口試會場；誰知道因為不習慣，在一字排開的主考官面前當場摔了一大跤，還發出極大的響聲。當下，強忍尷尬的晴雯，耳邊突然出現兩種聲音。一個聲音告訴她：「妳實在太糗了，趕快落荒而逃吧！」但隨即馬上有另一種聲音對她說：「趕快站起來，妳要去反敗為勝！」她知道第一個是自己軟弱的聲音，而第二個聲音，是主！

這個時候，主考官安慰的聲音打破了凝結的空氣：「很痛吧！會不會影響到你的考試成績？」晴雯急中生智，笑著接口說道：「我也想問各位前輩這個問題。」然後，優雅的站起身來，化解了一場尷尬。就這樣，晴雯就在一千兩百六十三個考生僅錄取四名的微渺機率中脫穎而出！

為了作出台灣第一個愛滋病的專題採訪，她可以一天上兩個班：在公司晚間八點下新聞後，展開她長達半年的調查報導，深入當時台灣社會匿名性最高的邊緣族群，獲得他們的認同，也得到了第一手的珍貴畫面與資料。

她曾經夜守陋巷、被紅燈區的保鑣包圍，以智慧化解危機；她曾經傾聽台灣底層社會人們的心聲，陪他們落淚，誓言以媒體為他們爭取公義；也曾經因正義感十足，拒絕別人包給她的紅包，不小心得罪了資深的同事而遭到抵制，在採訪鏡頭前消失了半年。那半年，攝影拍她的時候只拍她一支手臂而避開了她的臉，讓她落得一個「獨臂女俠」的外號，直到她的原則得到主管的支持。

晴雯在工作上的要求是堅持高標不能妥協的。她不僅嚴以律己，對自己的下屬和學生也高標硬派，資深新聞人前ＴＶＢＳ主播蔡祐吉提起受教於黃晴雯的日子，印象就特別深刻。他說即使當時自己的表現已經是全班最好的，但是稍一丁點想混的心態都逃不過晴雯老師的法眼，黃晴雯會沉著臉對他說：「祐吉，你應該做的更好。」蔡祐吉從她身上學到了，人要挑戰的是自己。提到晴雯老師呢，他打趣的笑著說：「如果你看到的只是晴雯老師溫柔的一面，那就表示你跟她不是很熟。」

「堅持自己信仰的價值」，使她在工作、人生的路途上，開始時是跌跌撞撞、荊棘滿布；卻也為未來的撥雲見日，作了最好的預備——她生命中的三場車禍、她留美與旅加的歲月，讓她的人生齒輪，逐漸轉向另一個方向。

第一次車禍發生在中視門口。有一天當晴雯下班時，邊過馬路邊想著下一個採訪的內容，一台摩托車從路口急馳而來，將她撞倒！等她再醒來時，已是兩天之後了。

車禍造成腦震盪，也使得一向只知道努力往前衝的晴雯，意識到人的脆弱與未來的不可測。常常在下了新聞、卸妝的同時，她會問鏡中的自己：這就是我要的人生嗎？在有限的生命裡，我能不能更好？

她開始努力積蓄，坐上晚間新聞主播台寶座後卻毅然決定前往美國攻讀碩士——在三台獨大的當時，很多人為她暫別螢光幕而不捨，甚至認為她不智；但她與了解她的人知道：那一個框框，已不能作為她人生唯一的宇宙。

她在美國加州州立大學聖地牙哥分校就讀電訊傳播與電影研究所，為了趕在一年留職停薪的期限內修完課業，她一個學期得修正常進度兩倍的學分，接近學期末的時候，她終於可以喘口氣，和同學開車前往大峽谷旅遊。

那是感恩節的前一天，原本還晴空萬里，下山時卻剛好遇到美國五十年來最大的暴風雪，一場下坡路上的連環車禍，同學都跳車了，晴雯來不及逃出，下半身被兩輛車壓住。而劇痛幾近昏迷的霎那，她想到還有媽媽和男友在等她，絕對不能死在這裡。同學們一度以為她的生命會在異鄉逝去，但是，在冰封的山上小診所中，醫檢師的一句話鼓舞了她：「You should be thanksgiving cause you are still alive!」的確，在身上的車子及時被搬移、奇蹟般存活下來之後，生命給她的功課是什麼？

三天後風雪方歇，晴雯被送下山去，徹底檢驗治療。醫生告訴她：必須要等三個月到半年，才能確定她是不是還能走路。

她的學業尚未完成，每天只能等候同學將上課的內容錄音下來帶給她自習。那一個學期的期末考，是同學用擔架扛著她去考場，躺著寫出答案的。常常一個人哭，人前又立刻把眼淚擦乾，支撐她的是一個愛的信念：不會永遠站不起來，一定要回去見媽媽！

這場車禍她甚至沒有告訴媽媽，怕媽媽擔心難過。媽媽是看了新聞報導才知道的，晴雯反而回過頭安慰媽媽說：「媽，妳放心，我要走回來給妳看。」

因為存款有限，晴雯一直以來都是能省就省。在美國讀書就只買了一張書桌和一

把椅子，連床都是媽媽親自手縫的被單帶去美國，鋪在地毯上，就這麼湊合著用。這段養傷的觀察期，是靠同學募來的一張軟沙發，才不至於動輒劇痛。要練習起身站立走路，晴雯必須像電視劇演的那樣，讓自己掉下沙發，匍匐在地板上爬到小台子邊，再用盡力氣扶著台子爬起來。因為當時美國新聞有一篇吃止痛藥可能會導致上癮的報導，所以晴雯再痛也拒吃止痛藥。

果然，晴雯後來以一年時間修完了學分，取得碩士學位、得到研究所的年度傑出研究生獎。而且，她從傷中又站了起來，這樣的成果，在醫生眼中，被視為奇蹟！

第三次車禍出現在蜜月旅行的途中。晴雯與夫婿正馳騁在美國四十九號公路上，準備從優勝美地國家公園開往太浩湖，車子突然失速，一道險彎就橫亙在眼前……

彎道外是萬丈深谷，另一面則是巨石磷磷的山壁。晴雯心中飛快閃過一個想

法：若直接讓車子撞破護欄，我們兩人都會完蛋！但如果去撞左側山壁，丈夫坐在右側，不管怎麼樣，起碼有個人可以活下來！於是，她用盡所有的力氣將方向盤左旋……一聲巨響！車子撞上山壁後彈跳上小丘，滑行數公尺。

火從行李箱下方燒了起來，但背部巨大的疼痛，使她動彈不得。

丈夫奮不顧身的衝進車裡抱她出來，臉上有泥土和著眼淚，一路衝上高速公路求助。就在這個時候，彷若上帝差派天使，一位美國九一一救難中心的隊員正巧經過，以專業的的急救設備，幫晴雯度過了最黃金的急救關鍵期。

傷重的她被送到附近的醫院處理後，又被轉送到北加州最大的醫學中心。趕來會診的各科醫師未注意到她的意識清醒，竟看著檢驗結果討論道：看樣子她應該已經癱瘓了，怎麼手腳還在動呢？

到了晚上，醫院規定，家屬、訪客不得在病房內，但是丈夫說甚麼也不願離開。最後，院方只有請來警衛。晴雯看見有兩個彪形大漢將滿臉淚水的他架了出去，連眼鏡都在混亂中飛了出去。不久之後，丈夫又繞到病房外的在窗邊對她輕敲了敲玻璃，打了個手勢，表示他會在外面守候。看著丈夫焦急的面容，她告訴自己：不可以放棄，要樂觀，要盼望！把自己交給上帝。

那時，晴雯的脊椎爆裂性骨折。醫生告訴她：四十八小時內是觀察期，如手腳出現麻痺或疼痛的症狀，就必須立即開刀；只是，一旦動手術，成功與癱瘓的機率各是百分之五十。

在等待的那四十八小時內，晴雯幾乎沒有闔眼，她緊緊注視著病床前一座時鐘，看著秒針一格一格地往前移，每移一格，她就在心裡對主發出一聲讚美與感恩，因為這表示她離新生又更近了一步。

就這樣，一個用苦難包裝的恩典，又一次帶領她走出死蔭的幽谷。整整四十八小時，晴雯竟然沒有疼痛，更沒有麻痺！

「上帝藉由困苦救拔困苦人，趁他們受欺壓開通他們的耳朵。」

——《聖經．約伯記》

三次幾乎致命的車禍，讓晴雯經歷了凡人無法平復的崎嶇。一個人還沒過完半輩子就出過三場車禍，似乎是超級倒楣，但是她卻說：「不，應該說是運氣好，我遇到三次奇蹟。」這一切對晴雯來說，竟都是化了妝的祝福：「回想這些不可思議的點點滴滴，讓我想起了聖經裏嚐盡苦難的人物——約伯。上帝總在最後一刻現身告訴我，祂從來就沒有離開我。」

撿回性命，晴雯仍為車禍後遺症所苦，要生產也有危險性，先生說只要有任何痛苦或危險，他都寧可不要孩子，對她說：「妳不要想麼多，這樣好了，如果妳喜歡孩子，我就一輩子把妳當孩子疼。」晴雯幸福地說：「我先生是上帝賜給我最好的禮物。」劫後重生，她更懂得珍惜生命和身邊的人。

也因為嚐過人未嚐過的苦，忍過人未忍過的痛，造就了晴雯在生命轉彎處大聲謳歌，在低谷絕壁全心交託的堅定信仰，也使得她鍛練出柔弱外表下無比堅強的抗壓能力。這一切，使得她一腳踏入從未涉足的百貨服務業時，穩健亮麗的讓人難以相信他是個新手。

在晴雯剛剛出任太平洋SOGO百貨公司董事長的職務時，媒體也特別關注到這項人事變動的新鮮感與故事性，並對她的職場轉換感到好奇；其實，這個人生的大轉彎，何嘗不是晴雯一生選擇的累積與實現？

晴雯曾經對「生命的轉彎處」做了這樣的詮釋：人生是由一連串的選擇交織而成，大到人生方向、工作職涯，小到去哪裡吃一頓飯，不管你是否意識到每個選擇的存在（你可能隨機選看電視頻道，卻接收到一個改變你一生的想法或訊息）、以及這個選擇的影響性（選填志願、結交朋友，影響一生的人脈、視野、志趣）；你的未來，其實就從此刻展開！（而不是「等我畢業後」、「存夠了錢後」、或「下一次有機會」）。

晴雯過去在媒體工作這麼多年，當她決定退出商業電視台，轉而籌建公益頻道的時候，也有很多人勸過她：「不要那麼傻！能做到三台主播不容易，妳應該要霸住這個位置。」當時，晴雯問了自己兩個問題，第一個是，我留在這裡，自己會不會變的更好？第二個問題是，這個地方會不會因為有我而變的更好？

思考過後，她知道，如果留在商業電視台，每天還是一樣看著收視率，回答觀眾問的私人問題，即使自己是一個收視明星，卻仍然無法對媒體產業的向上提升有所貢獻。最後，她選擇勇敢離開那個保護著她成長的花園，自己到曠野中流浪、摸索，到其他媒體、產業去學習，點滴累積並且成就了現在的她。

當她揮別了一貫熱愛的媒體、選擇到遠東集團服務後，短短十個月，就被徵詢擔任太平洋SOGO百貨公司董事長的職務。當時，集團總裁徐旭東先生告訴她，已進入高原期的百貨業需要文化的改造和創新，才能維持競爭力。

這是一項重大的託付，晴雯也曾經懷疑自己是否能夠勝任。她問自己、也問過許多敬重的好友：「Would I make a difference?」當所有的人都相信她能夠讓自己與SOGO「有所不同」時，這個選擇，才不再那麼難於做出決定。

太平洋SOGO百貨公司董事長會不會是她最後一個選擇？她斬釘截鐵的回答：

「當然不會！只要有機會，能夠讓我和我愛的社會與環境，會因此變得更好，我會勇於做出更多選擇，成就更好的自我、去發現人生更多的可能性。」

回首前路，晴雯知道人生充滿了選擇題，每一個選擇有多重要？當下，我們不一定知道。甚至有時候，你選擇的不是別人眼中的坦途，挫折發生時，就會後悔當初的選擇；但，機會常是以沮喪或挫折的型態出現，你怎麼知道，你不是選擇了一個「用挫折包裝的祝福」呢？

所以面對人生的每一個轉彎處，請珍惜且善待每一個選擇。當周遭紛擾、你甚至聽不到自己心裡的聲音時，最簡單而正直的選擇是：「I want to make a difference! I want to be a better human being!」因為，那是上帝所喜悅的，你的選擇必受到祝福！

值得一提的是，在投入SOGO的

職務後，晴雯致力於人性溫度的經營。聖誕節前的公關活動，她想到的是社區關懷，特地結合大安區報佳音，親自獻唱那首大學時代拿下冠軍的「奇異恩典」，優美的嗓音融合生命的感動，像是「天使在唱歌」。晴雯曾感慨說：「社會各行各業，往往只要追求績效到了一個地步，人際關係、感情就會疏離。」因此，她的企業形象改造活動都致力於人性關懷，用愛擁抱生命。

那麼回顧自己的生命呢，晴雯有感而發：「因為把自己縮小了，所以世界變大了！」職位越高，視野越大，黃晴雯益發感到自己的渺小，用謙卑的心為了所擁有的一切而感恩，說：「回頭看，一路走來，很顛簸卻也很過癮，因為我有先生跟好友。有信仰，不管未來道路怎樣，我相信會活得非常勇敢和熱情。」

在海角圓夢

魏德聖

真情小語

下雨的時候，難道你都不期待彩虹嗎？

他不善應酬，講話很笨，但他總是懷抱夢想，寧可忍受風吹雨淋，在泥濘中舉步艱辛，也不肯放棄追尋彩虹的身影。

他是如此執著，以致於常被當作瘋子；他是如此熱情，所以能感動整座島嶼。

魏德聖，一個年僅四十歲的導演，認識他的人知道「小魏心很大」。他煎熬十六年，舉債三千萬，用心打造出《海角七號》，創造出台灣戰後最高國片票房的奇蹟。從沒沒無名一夕間成為大家心目中的英雄，他如何辦到這不可能的任務？

二〇〇八年十月十五日，熱帶秋陽高照，海風吹拂綠色島嶼，魏德聖站在夏威夷國際影展的舞台上，高舉最佳影片獎的獎盃，開懷地笑了。

此刻，太平洋另一端的台灣寶島，《海角七號》仍在繼續航行，載著恆春的七個小人物，七封來自六十年前的情書，穿越人們的心，準備朝世界各地前進。

海角七號，一個失落的地址，藏著台灣少女與日本教師隔海相思的無奈。故事靈感源於一個美麗的錯誤。一個老郵差為了遞送一封信，花了兩天才找到日治時代的舊地址，結果新聞報導誤將「兩天」寫成「兩年」，小魏看了深受感動，心想：如果這是封被遺忘六十年的情書，那該多感人？於是動手寫出這部電影的劇本。

那是四年前的事了。當時，小魏正值低潮，根本不曉得拍片機會在哪裡，當然想像不到，這部電影有天會折磨到他幾近崩潰。他只是很單純地將自己在電影圈的痛苦際遇，投射到每個角色身上，給他們第二次絢爛開花的機會，化解不甘平凡的遺憾。

「一個年輕人放棄一切夢想，離開一座城市……」當小魏把劇本開頭說給電影圈朋友聽時，朋友當場落淚。說故事和聽故事的人都感同身受，因為彼此都在電影這一行熬得太苦，不知該怎麼走下去？

小魏並非為了當導演才學導演的。

就讀遠東工專電機科時，他就像所有迷失於聯考體制的學子，對未來一片茫然。「我要考電信局嗎？還是在工廠修電機？不要呀，這是讓我最痛苦的。我只知道畢業後我絕不能回老家，否則只能一輩子過我不想過的生活。」

帶著茫然去當兵，小魏遇到一位深愛電影的同袍，整天跟他講電影多好看。小魏彷彿在大海中摸到一根吸管，雖不確定這根微薄的吸管能否依靠，至少是個希望。

他決心進電影製作圈，卻處處碰壁，因為所有工作都要求科班畢業或有相關經驗。每次碰壁，都激發小魏執著的本性，他靠打工度日，送海報、送保險單、賣靈骨塔、做書局倉務管理，熬了兩年才擠入戲劇之門，擔任連續劇的道具助理。

螢光幕後的真實世界讓他訝異。

「助理的工作，你花一天跟我講，我就會了，還需要什麼『相關經驗』呢？真奇怪，我等了兩年，為的竟然只是做這些事？」

小魏珍惜每個機會，認真學習道具、場記、司機等基層工作，卻仍然不了解電影究竟是怎麼回事。日復一日耗在原地等待的感覺很恐怖，這種恐怖使他領悟：要走出困局，唯有自學一途。

於是，他租來王童導演拍的《無言的山丘》錄影帶，一遍又一遍播放，畫出每一場戲的平面圖，分析拍攝機器擺設的位置，慢慢培養出分鏡的概念。

之後，他開始練習寫劇本，和幾個朋友合作，花了五萬，用VIDEO拍出一部二十分鐘的錄影帶。這部土法煉鋼的片子，竟獲得金穗獎優等影片，小魏感覺像被打了一劑毒針，「我中了毒，覺得我是個角色，應該能在這行立足了。」

隔年，小魏首度挑戰電影導演之路，用專業方式拍了一部三分鐘的短片。中影的剪接師知道小魏窮，常在半夜大家都下班後，打開中影後門，讓他偷溜進去使用各種設備，免費幫他剪接，再趁天亮前溜出去。

雖然只是三分鐘短片，小魏卻瞭解了電影基本製作流程，並再度獲得金穗獎的肯定。不久，他透過朋友介紹，到楊德昌導演的工作室擔任製作助理。

楊德昌注意到小魏認真又有天分，主動教他劇本技巧，讓他擔任電影《麻將》的副導，負責調度大批臨時演員。在這次經驗中，小魏學到如何激發演員內在情感，讓演員的呼吸和攝影機的呼吸節奏巧妙融合，演活每個角色和畫面。

楊德昌很藝術家性格，看小魏做不好時常會開罵，卻罵得令小魏很服氣。有次他跟小魏說：

「那些來學我拍片的人都是笨蛋。你們有自己的頭腦，為什麼不開發自己的頭腦，創造屬於你自己的東西？你來這邊工作，應該學習拍電影的環境是怎樣，不是來學我怎麼拍？」這席話影響了小魏日後的拍片精神，但也由於對理想極度堅持，生性又不善圓滑應酬，講話很笨，使他常與成功失之交臂。

小魏拍的十六釐米短片《七月天》，受到電視台青睞，簽了約說要播映，但付了頭期款後又反悔，因為影片主角講了太多髒話。小魏默默接受解約，朋友都知道他心裡難受，罵他笨，他卻說：「我不願讓我的作品受屈辱。」

《七月天》讓他負債百萬，加上因為新婚而買的房屋貸款，負擔沈重。他運道又差，常接不到案子，窮到去接一個購物頻道「賣馬桶」的企劃，結果白忙了一個多月，只領到五千元酬勞。

那幾年潦倒的失業歲月裡，經年以泡麵和麵包裹腹，每天騎機車到台大旁邊的三十五元咖啡店，在嘈雜環境裡寫劇本，把王家祥的小說《倒風內海》改編成荷蘭時代三部曲。有天他落魄到回家借錢，見了母親卻不好意思開口，摸摸鼻子又搭客運北上，途中發現母親早已偷偷在他外套口袋塞了一疊千元大鈔。

為了賺取微薄稿費，他把這些的苦日記寫成書，讓自己化身為一條孤單的小金魚，生活在看似簡單其實險惡的水族世界，夢想有天能游入大海。這本名叫《小導演失業日記——黃金魚將撒母耳》的書，作者只署名「小魏」二字，連真實姓名都免了。

儘管活得很不體面，在內心裡，小魏始終不失英雄本色。當他翻閱霧社事件的歷史記錄時，不禁熱

血沸騰，跟隨賽德克勇士莫那魯道赤裸的腳步，走入四百年前單純而野性的部落，隨著族人砍下日軍頭顱，在鮮紅的櫻花樹下，戰鬥力再度復活。

他以莫那魯道為主角，寫出史詩般的劇本《賽德克巴萊》，跳脫傳統侵略、被侵略的國族史觀，嘗試以站在戰場上對陣的男人角度，重新詮釋霧社事件。這個劇本是台灣電影界的創舉，卻依然難逃現實的困境：哪來錢可拍呢？

機會來了。

有一天，陳國富導演來找小魏，請他研讀一份名叫《雙瞳》的劇本，幫忙給點意見。看完劇本，小魏很震撼，覺得這根本不是台灣電影界有能力拍出來的東西，至少要幾千萬製作資金。但更震驚的還在後頭，陳國富竟問他：

「你要不要拍《雙瞳》？」

「不要！我沒那個本事。」小魏快嚇死了：「我才拍過短片而已，怎麼第一次拍就拍一個空前絕後的大製作？而且是美商哥倫比亞公司投資台灣的第一部電影？」

陳國富相信小魏有能力，再三說服他，小魏才放膽答應接這部戲。但哥倫比亞堅持由陳國富兼任監製和導演，原因是小魏才三十歲出頭，太年輕，資歷不夠漂亮。陳國富愛才，請小魏跟他一起掛雙導演，小魏婉拒了：「天下沒有什麼雙導演會成功的，除非你們是雙胞胎。」

為了大局著想，小魏放棄出名良機，選擇當陳國富的副導。很幸運地，他負責跟澳洲那邊的特效公司溝通，從此打開視野，看到科技神通廣大，很多他想像中很難拍的畫面其實並不那麼難。這使他雄心大起，堅信只要資金和技術夠，《賽德克巴萊》的劇本是有可能拍出來的。

當時正值台灣電影最谷底的階段，投資者只願投資小成本的紀錄片，連五百萬的電影都很難找到資金開拍，不少年輕導演在成本限制下硬拍出來，結果作品不好，版權也落入他人之手。小魏看盡朋友痛苦的例子，寧可豪賭，也不願《賽德克巴萊》成為犧牲打。

「既然要找一千萬跟找一億一樣難，我為什麼不找一億，而要找一千萬呢？」於是，他穿上西裝，帶著劇本和企劃書，踏上找錢的艱苦旅程。

然而莫那魯道的英雄年代太遙遠，每當他提到霧社事件，人們的頭腦立刻失去色彩，只剩黑白的部落山水，黑白的原住民，很「紀錄片」地活在歷史照片中。

「不對！這樣下去，再講一輩子也沒用。這故事這麼好，怎麼可以不被人看到？」

小魏下了大注：一百萬，做一個五分鐘的試映片。

但危機立刻隨著幸福降臨。求子多年不成的他，終於等到老婆懷孕了，「糟糕，怎麼辦？我的夢想是不是要從此絕跡，轉移到孩子身上？」

眼看孩子即將誕生，他卻發現試映片預算不足，必須加碼到兩百萬，如此一來，他就得拿房子抵押借貸。家庭責任與電影夢想的天秤激烈擺盪，他不甘只做一個平凡的父親，他需要別人認同他的理想，偏偏沒有一個朋友認同，大家都說花兩百萬拍試片是件蠢事。

他想辦法說服老婆：「大家都叫我不要拍。妳說要不要拍？妳最有資格講話。妳說不拍，我就不拍。」

「很多導演都拿房子去抵押，我不是唯一的一個。我們有伴。孩子生了之後，我還是要專心養家，對不對？在這之前，讓我再賭一次好不好？只要再賭這一次就好。」

挺著大肚子的老婆說：「我是一個沒有夢想的人，你有。天下有夢想的人太多了，願意去執行的人卻很少。既然如此，那你就去做。不要等到老了以後，才跟我說如果當初怎樣就好了，我會受不了。」

有了老婆的支持，小魏的心無敵了。現在，他的賭盤目標是兩億。

他架設《賽德克巴萊》電影官網，發動網路募款，聲明若在一年內籌到一千萬初期資金，就正式進入籌拍期，否則就將募來的錢捐給社福團體。

許多人看了試映片深受感動，佩服小魏的創意和勇氣，立刻寫信來說要捐款，但走到郵局劃撥時，卻突然清醒。他們說：「如果已經有了一億，想再籌另一個一億，那我願意捐。但就算有了一千萬，離二億還是非常遙遠呀，這根本是不可能的事。」

一年後，網路募款只籌到四十五萬。但小魏就是不肯放棄，他花了整整三年，瘋子般找錢，見了上百個單位，不放棄一絲機會，甚至在咖啡廳巧遇施明德，都連忙衝上去自我介紹。但他得到卻總是無情的拒絕，很多金主連坐下來聽他講幾分鐘的故事都不願意。

就這樣，《賽德克巴萊》成了台灣電影圈「精衛填海」的代名詞，兩百萬投資付諸東流，小魏負債累累。

「那些錢真的是白花了。」小魏坦承錯誤。

一般人從債務中看到失敗，小魏看到的卻是智慧。他看清了電影投資者的心態，開始學習分析每部電影的票房潛力：「你不能只是浪漫地跟投資公司談故事和成本，你要讓他知道能回收多少。」

他也看清了自己最大的致命傷：沒拍過任何一部劇情長片。換句話說，他不是李安，沒有名氣，沒有票房保證。

他想像自己是撞球選手，既然《賽德克巴萊》這顆主球被其他球擋住，左偏右挪都打不到，唯一的方法就是做球，先把旁邊那顆球撞進袋，才能撞到主球。《海角七號》正是那以小博大的關鍵做球，非打進去不可。

小魏決心一步到位，用四千萬，拍出他理想中最美的《海角七號》。但同時，他骨子裡那莫名的倔強又發作了，不顧所有朋友反對和市場邏輯，堅持不用超級明星，演員卡司不是沒沒無名的新人，就是過氣的歌手和老演員。

「這些演員就像被關在籠子裡太久的鬥狗，渾身充滿力量卻找不到戰場，一旦柵欄打開，當然會奮不顧身衝出去，看到什麼就咬。」

小魏的選角哲學隱含了他自身遭遇的投射，也代表了他對電影獨特的觀點：「電影沒有規則可言。你永遠不要被所謂的規則限制住。你要訂出你自己的遊戲規則，去說服你的投資者、演員和製作團隊。只要你很誠懇地完成它，它不會對不起你。」

問題是，誰會相信一個小導演的話？每當小魏提案，人家就質疑：「你沒卡司，怎麼有票房？」他突發奇想：一般投資者的頭腦太好了，說不過他們，不如繞個彎，去找阿榮片廠的老闆，分析《海角七號》的潛力給他聽。

這招很聰明，果然一出手，阿榮就答應出八百萬外加所有技術投資。小魏再三跟他確認：

「那就說定了囉？你沒定，我不敢報國片輔導金。不然到時候換我死在那邊。」

「確定，確定。」

有了阿榮的保證，小魏立刻申請國片輔導金。誰知，不到一個月，阿榮片場竟發生火災，損失八千萬，連帶也燒掉了給小魏的資金承諾。幸好片廠老闆夠義氣，仍然承諾技術投資，提供攝影、燈光及技術人員的工作費。

小魏又跑去說服一家酒商，他們答應投資一千八百萬。小魏很快樂，迅速展開籌備工作，把製片和所有副導都找進來了，沒想到，運作兩個月後，那家酒商竟說不要投資了。

小魏快瘋了。

「沒錢，怎麼拍戲？怎麼跟演員簽約？我真的很想哭你知道嗎？可是我不知道眼淚要往哪裡掉？我不敢在我老婆面前流淚，因為我是男人呀！」

整個辦公室籠罩在低迷氣氛，小魏覺得自己很像被人掏空的農會，必須去借一大堆錢，擺在桌上，壯膽說：「你看！我有錢。請你放心工作。」

四月，《海角七號》被迫停拍。小魏努力再努力，過了五個月又再度冒險開拍工

作。

「我不是有勇氣，只是無路可退。就算毀，我也要毀在自己手裡。」小魏獨立天地，在內心吶喊：「要一個男人放棄全部夢想，需要多大勇氣？那個勇氣我沒有。我就是不甘心，我是應該能做個什麼的人，怎麼可能就這樣沒有了呢？」

為了一個不甘心，小魏帶著公司僅存的五十萬，在秋味凜然的九月，帶領演員和劇組等大批人馬前往恆春，進駐夏都飯店。

古老的城牆，五星級的飯店；古老的月琴，現代的搖鼓樂；青翠的山嶺，壯闊的海洋，所有漂亮的元素，奇妙地融合在恆春小鎮。小魏的心情也如同這小鎮，非常高反差地度過諸多拍片災難。

劇組到臨的第三天，終年豔陽高照的恆春，竟遭逢難得一見的強烈颱風。窗外風強雨大，小魏的心七上八下，每隔五小時就出門看看，很擔心萬一風雨淘空沙灘，舞台就不能搭了，必須等明年才能拍。沒想到，颱風過境後，不但沙還安穩健在，原本長著綠草的區域也覆上一層沙，整個沙灘變得更寬闊，舞台搭起來更好看。

之後幾天，工作人員好不容易搭好舞台，調來上千名臨時演員，準備拍演唱會之夜，雨卻下個不停。大家在雨中等了兩天，終於等到晴空萬里，抓緊時間四架攝影機同時運動，拍到最完美的畫面。夜裡，當小魏正在禱告，感謝神的幫忙時，竟接到母親打來的電話，告訴他阿嬤已在當天早上過世了。他的痛無人可訴，只能躺在床上默默流淚。

喜宴那幕更是困難重重。小魏請當地村長幫忙找上百名村民跨刀演出，一度被誤認為是詐騙集團。好不容易村民到齊，要開拍了，已是晚上九點多，接近村民平常的睡覺時間。由於所有演員都出現在那場戲，位置關係、走位、背景等問題很複雜，弄到最後大家都累翻了，老人們打起瞌睡，年輕人開始真的喝起酒來了，可是劇組還是得繼續趕在天亮前拍完。

「那場戲拍到最後，我整個人亂掉了，頭腦變空，火氣也上來了。」一個性溫和的小魏第一次發脾氣，但想到村民那麼辛苦地義務幫忙，也沒辦法跟他們發飆，最後只得自己吞忍下來。

沒人清楚，小魏究竟吞忍了多少苦水。由於不願犧牲任何一個鏡頭的品質，錢燒得比什麼都快。在夏都飯店拍內景時，已累積三百多萬欠款，很多都是馬上要付，不然就要停拍了。每當演員和劇組排戲時，小魏就溜到一邊打電話：

「ＸＸＸ，你能不能幫我先調個兩百萬？一百萬呢？五十萬呢？」

打完手機通訊錄裡的所有號碼，小魏又從頭由第一個打起，明知對方沒錢，還是厚著臉皮求人家介紹有錢的朋友。白天電話一輪輪地打，夜裡就不斷重複做同一個惡夢：在拍片現場，他不斷喊：「準備了！準備了！」所有工作人員卻仍自顧自地閒散。他愈喊愈生氣：「準備了！演員呢？為什麼還不開燈？」

借到無處可借，小魏只能把希望寄託在銀行，可是銀行堅持要他老婆作連帶擔保人。面對千萬債務，小魏怕，老婆更怕，兩人幾次爭吵：

「太過分了。上次讓你圓夢，兩百萬被你花掉，已經到我的極限。你這次還給我弄個三、五千萬的。」

「再賭一次就好。這次會過的。一定可以的。」

「這種話你已經跟我講了好幾遍，可是沒有一次成的。」

看到妻子歷經漫長等待的辛酸與恐懼，小魏很心疼，但他騎虎難下，如果電影沒完成，不僅投下去的數千萬等於泡水，個人名譽也要通通掃地了。所幸妻子最後還是支持他，兩次銀行貸款都在最緊急的狀態下拿到。

「那兩次都是，再沒錢下來，後天就得撤了，很緊急的狀態，打電話催錢催到發脾氣了。然後就在第二天，銀行打電話來說：你的貸款過了。趕快回台北蓋章，錢馬上撥款。就像米缸裡的米雖然只剩一點點，但永遠不會完全不見。」

到了最後一場「日僑遣返」的戲，預算已嚴重超支。一接到監製的電話，小魏就知道事情大條了，他們肯定是要阻止他拍這場戲。他整個上午都在禱告：「上帝啊，別在最後一關放棄我！」

果不其然，到了會議現場，投資人紛紛質疑：

「最後那個場面，不能用文學一點的氣氛來解決嗎？在老阿嬤收到信後就結束，不是更美嗎？」

「你應該算過會增加多少錢吧？就算場面給你弄出來，真的會比較好嗎？花了大筆錢，會不會換來的是很假的場面？」

「錢呢？多超支的五百萬哪裡來？」此時的小魏如同賽德克勇士，脖子上架了把刀，不反擊就等著被割頭了。他深吸了口氣，堅定地說：

「你和第一任女友是怎麼分手的？我想你永遠不會忘記。最後的場面是整部電影的原點，愛情遺憾的原點。八十歲的阿嬤，收到初戀的情書，想到的難道不是年少的自己和情人？而且台灣從來就沒人拍過日軍遣返的戲，紀錄一個時代的結束。……如果二十年後還有人記得這部電影，腦海第一個浮現的畫面一定是：帶白帽的少女孤單地站在人潮蜂湧的碼頭，等著情人出現。雖然這場面很花錢，但是我向你保證，真的值得！」

五百萬買個二十年的價值，投資人再不情願，也不得不妥協。

關關難過關關過，小魏深信這是上帝的祝福：

「很多事情，回頭看了之後，你才會發現你的幸運比你的災難多很多，只是你當下只記得災難，忘記了有那麼多幸運在幫你。」

二〇〇七年十一月二十日，劇組完成恆春艱困的拍攝工作，整裝回台北，準備拍最後一場戲。車子經過員林，寬闊綿延的田野，彷彿承接到上天的應許，竟弓起一道形狀極完美的彩虹。這道彩虹成了《海角七號》最夢幻的異象。

後製做完後，小魏很有自信，因為《海角七號》是他拿命拼來的：

「我完全沒有妥協在任何一個鏡頭上。當我自己看了都被感動，我敢跟你保證，絕對值得你花錢去看。我只是要賣一個感動給你，希望每個人走出戲院後，腳步可以跟著電影的音樂前進。一部電影可以改變一天的心情，已經很有價值了。」

但後續的行銷仍障礙不斷，片商認定國片就是賠錢貨，音樂公司更不願花半毛錢來做電影原聲帶。為了賣《海角七號》，素來靦靦的小魏，不得不當起業務，四處演講、上通告，拜託大家來看電影。

幸運的是，《海角七號》獲得台北電影節百萬首獎，侯孝賢看完電影後，握著小

魏的手說：「太好看了！我等台灣出現這樣的電影，已經等很久了。或許這部電影，可以把台灣電影拉起來。」

備受鼓舞的小魏，第一次被獎迷惑。

「本來這個獎對我最大的意義就是錢，我太需要這筆錢來補足財務缺口，卻沒想到，這個獎帶來的效益遠遠超乎我想像，對後來的媒體宣傳、上片通路，都很有幫助。」

二〇〇八年八月二十二日，《海角七號》正式在全台近四十家戲院聯合播映。或許是這部電影讓人們看到自己內心失落已久的地址，接下來幾天，觀眾席坐進了行政院長，坐進了新聞局長和立法委員，坐進了許多重量級文化人士。許多人隨著七個主角又哭又笑，主動口耳相傳，找親友進戲院，有些人甚至看了十幾遍。

短短十二天，《海角七號》已衝破二千萬票房，沈寂已久的國片市場瞬間沸騰。上映不到一個月，票房超過一億五千萬。到了十月，累積票房更高達四億，成為台灣戰後六十年來最賣座的國片。

小魏一夕間爆紅了，成為被媒體、被影迷競相追逐的英雄，不再被債務逼著跑，也實現了他對妻子許下的諾言：「讓妳數錢數到數不完。」

但在內心深處，小魏卻突然感覺很空虛。一切跳得太快，快到他深怕自己追不上觀眾的評價。

「彩虹很漂亮，但它隨時可能蒸發掉。破什麼都不重要，最重要的是要突破自己。」

虔誠的信仰讓小魏看穿名利背後的毒刃，他很清楚：《海角七號》的票房是上帝賜予他的機會，背後有太多非電影因素。只是剛好碰上台灣政治、社會、經濟的低

潮，人們特別需要一個共同的出口來發洩情緒。

很多記者問他對成名的感覺？他很謙虛地說：

「以前我朋友都說小魏很勇敢，拋頭顱、灑熱血，但不要學他。所以我不知道該說什麼？說什麼都好像在教壞人家。我只想說，很多人努力了十年就說不行，說要對家庭負責，對誰負責，可是你為什麼不對自己負責一下呢？上帝給你生命，是讓你活十年而已嗎？你銀行存款那麼多，你就領一塊錢出來用而已嗎？那剩下的一百萬要幹嘛？生利息你也用不到，那就該怎麼做就怎麼做。」

「現在竟然有人邀請去參加時尚走秀。我覺得自己穿上西裝，簡直像個笨

蛋。我不想做名人，我是個活在戰場上的人，不需要給我一個歡呼的舞台，我只想另外去開發新戰場。」

當媒體仍沈醉在《海角七號》的成功時，小魏已悄悄推辭一切公開活動，準備籌拍他最愛的《賽德克巴萊》。這次他會不會再度陷入負債的黑暗深淵？誰也說不準。但相信，執著如他，終究能登上霧社山巔，讓大家再度像《海角七號》的女主角一樣驀然抬頭，驚嘆：「啊！彩虹。」

啟示出版《Soul 系列》

書名	作者／定價	內容介紹
如何去愛	作者：若望・保祿二世 定價 240 元	前教宗若望保祿二世親自執筆寫書，提供他的智慧，提供一個指引，做你的專屬心靈導師，教你怎樣愛你自己、愛你的家人，如何滿足內心的渴望、找到幸福的泉源。
無所畏懼：最有力量的聖經禱詞	作者：嘉蘭・柯隆寧 定價 240 元	從所羅門王的詩歌、到約伯的哀歌、到瑪利亞的頌歌，101 則直接出自聖經的禱告，引導你在正確的時機做正確的禱告。
101 句讀通聖經	作者：史帝夫・瑞比 定價 240 元	《聖經》蘊藏了世界上最寶貴的啟示和力量，本書為你打通閱讀《聖經》困難的任督二脈，提綱挈領地掌握《聖經》的要義，親自體驗《聖經》浩瀚的世界。
隱修士牟敦悟禪	作者：多瑪斯・牟敦 定價 270 元	靈修大師多瑪斯・牟敦（Thomas Merton）晚期對於東方靈修、特別是佛學興趣濃厚興趣，本書可以說是牟敦靈修著作的里程碑。
聖經：力量的泉源	作者：吉米・卡特 定價 250 元	本書是美國前總統卡特將他在家鄉教會的成人主日學上課講義整理後出版。
等風把雲吹走	作者：蕭世英 定價 260 元	超過 70 幅觸動人心的攝影圖片，搭配撫慰人心的最美麗聖經經句，造就一場揮別鬱悶，視覺與心靈的饗宴。
祈禱的美麗境界	作者：奧村一郎 定價 220 元	對祈禱感興趣的人都需要讀這本書，從基礎開始，告訴你如何祈禱。本書作者分享一位亞洲基督徒樸實的靈修經驗。
一個人的價值高於全世界：天主教善牧基金會的故事	作者：天主教善牧基金會 定價 280 元	善牧基金會主動接觸那些在生活中被排斥、忽略的弱勢族群，從雛妓、婚暴婦女、兒童，乃至中輟生、棄虐兒童、外籍配偶等議題，基金會的成長故事讓人動容。
一個人的聖殿：安頓心靈的七項修鍊	作者：克里斯多夫・傑米森 定價 220 元	沃斯修道院的院長克里斯多夫・傑米森，透過西方隱修之祖聖本篤在一千五百年前寫下的規範，以七個修鍊提示，讓你隨時隨地皆能安頓心靈。
上帝的語言	作者：法蘭西斯・柯林斯 定價 300 元	柯林斯，是 21 世紀初最偉大的科學計畫「人類基因體計畫」的主持人。走在科學頂尖的他，是一位無神論者。26 歲的一晚，當住院醫師的他聽了一位久病的婦人和他分享信仰。那個時刻起，他苦思、拜訪離家不遠的教會、和牧師懇談、閱讀書籍……。這本書就是三十年來的歸信旅程。
彩虹的應許	作者：穆宏志 定價 260 元	《舊約》中的場景對現代人而言，已是陌生而不易想像，因此，聖經學博士穆宏志神父，以他對聖經的了解，發揮他的想像力，從聖經章節加以衍伸，寫下二十四則聖經上沒有的故事，讓讀者能「用想像力來讀用想像力寫成的聖經」。讀過之後，對聖經會有更深一層的認識與體會！
教宗回憶錄	作者：若望・保祿二世 定價 300 元	本書為前任教宗若望保祿二世晉牧四十五週年以及被選為伯多祿繼承人二十五週年時，受邀寫的回憶錄，時間是從一九五八年被任命為主教那年開始。教宗將自己從開始擔任主教工作起得到的心靈啟發形諸於文字，好與他人分享基督之愛的標記。在書中分享許多波蘭主教在納粹時期與共產時期遇上的困境，其中也包括他自己的遭遇，在困難重重之中，他們依然秉持信念執行天主的工作，鼓勵人們，其中包括許多鼓勵年輕人的智慧話語，以及從中得到的淚水與喜悅。
泰北愛無間	作者：孫暐皓，台灣愛鄰社區服務協會 定價 240 元	「亞細亞的孤兒」的現場報導與「美斯樂」的旖旎風景，織就一本教會團體不為人知的善行故事。有三十三次戒毒最後成功且成為牧師、從一無所有進而推展「福音戒毒」的緬甸華僑；有「煮飯沒有砧板，把外面樹幹砍下來削平就好啦」的泰北版佐賀阿嬤……笑中帶淚地喚起「愛心化行動・天涯若比鄰」的人性光明面。

國家圖書館出版品預行編目資料

真情部落格：愛在生命轉彎處　李晶玉著：--初版. --台北市：啓示出版：
家庭傳媒城邦分公司發行, 2008. 11
面：　公分. --（Soul 14）

ISBN 978-986-7470-38-6（平裝）

855　　97019073

Soul 14

真情部落格

愛在生命轉彎處

作　　者／李晶玉
企　　劃／好消息衛星電視台
總 編 輯／彭之琬
責任編輯／徐藍萍

發 行 人／何飛鵬
法律顧問／台英國際商務法律事務所 羅明通律師
出　　版／啓示出版
台北市104民生東路二段141號9樓
電話：(02) 25007008　傳眞：(02)25007759
E-mail：bwp.service@cite.com.tw
發　　行／英屬蓋曼群島商家庭傳媒股份有限公司 城邦分公司
台北市中山區民生東路二段141號2樓
電話：（02）2500-0888 傳眞：（02）2500-1938
讀者服務專線：0800-020-299　24時訂閱傳眞服務：02-2517-0999
讀者服務信箱：service@readingclub.com.tw
劃撥帳號：19833503
戶名：英屬蓋曼群島商家庭傳媒股份有限公司城邦分公司
訂購服務／書虫股份有限公司客服專線：（02）2500-7718；2500-7719
服務時間：週一至週五上午09:30-12:00；下午13:30-17:00
24時傳眞專線：（02）2500-1990；2500-1991
劃撥帳號：19863813 戶名：書虫股份有限公司
城邦讀書花園 www.cite.com.tw
香港發行所／城邦（香港）出版集團有限公司
香港灣仔軒尼詩道235號3樓　E-mail：hkcite@biznetvigator.com
電話：(852) 25086231　傳眞：(852) 25789337
馬新發行所／城邦（馬新）出版集團【Cité (M) Sdn. Bhd. (458372U)】
41, Jalan Radin Anum, Bandar Baru Sri Petaling,
57000 Kuala Lumpur, Malaysia
電話：(603)90578822　傳眞：(603) 90576622

節目製作人／孫葆媛
攝　　影／周欣衍、周美珍、林際翔
封面設計／黃慧文
內頁設計／林翠之
排　　版／極翔企業有限公司
印　　刷／韋懋實業有限公司
總 經 銷／高見文化行銷股份有限公司
電話：(02) 26689005　傳眞：(02) 26689790　客服專線：0800-055-365

■2008年11月1日初版
■2017年3月21日初版23刷
定價240元

Printed in Taiwan

城邦讀書花園
www.cite.com.tw

 ISBN 978-986-7470-38-6

啟示出版 Apocalypse Press

廣　告　回　函
北區郵政管理登記證
北臺字第000791號
郵資已付，免貼郵票

104　台北市民生東路二段141號2樓

英屬蓋曼群島商家庭傳媒股份有限公司城邦分公司　收

請沿虛線對摺，謝謝！

啟示出版 Apocalypse Press

書號：1MA014　　書名：愛在生命轉彎處

請於此處用膠水黏貼

啟示 Apocalypse Press 出版

讀者回函卡

謝謝您購買我們出版的書籍！請費心填寫此回函卡，我們將不定期寄上城邦集團最新的出版訊息。

姓名：＿＿＿＿＿＿＿＿＿＿

性別：□男　□女

生日：西元＿＿＿＿年＿＿＿＿月＿＿＿＿日

地址：＿＿＿＿＿＿＿＿＿＿

聯絡電話：＿＿＿＿＿＿　傳真：＿＿＿＿＿＿

E-mail：＿＿＿＿＿＿＿＿＿＿

職業：□1.學生 □2.軍公教 □3.服務 □4.金融 □5.製造 □6.資訊

□7.傳播 □8.自由業 □9.農漁牧 □10.家管 □11.退休

□12.其他＿＿＿＿＿＿

您從何種方式得知本書消息？

□1.書店□2.網路□3.報紙□4.雜誌□5.廣播 □6.電視 □7.親友推薦

□8.其他＿＿＿＿＿＿

您通常以何種方式購書？

□1.書店□2.網路□3.傳真訂購□4.郵局劃撥 □5.其他＿＿＿＿

您喜歡閱讀哪些類別的書籍？

□1.財經商業□2.宗教、勵志□3.歷史□4.法律□5.文學□6.自然科學

□7.心靈成長□8.人物傳記□9.生活、勵志□10.其他＿＿＿＿

對我們的建議：

＿＿＿＿＿＿＿＿＿＿

＿＿＿＿＿＿＿＿＿＿

＿＿＿＿＿＿＿＿＿＿

＿＿＿＿＿＿＿＿＿＿

請於此處用膠水黏貼